À la mémoire de mon adorable Scrapple (1994-2008),
« le petit voyou à sa maman ».

On voit rarement grande beauté
et grande vertu aller de pair.
Pétrarque, *Les Remèdes aux deux fortunes.*

Chapitre 1

Cally avait déjà été invitée à des soirées de la Nuit des Ténèbres, mais jamais à une réception aussi élégante que celle-ci. Les Sang-de-Race*[1] et les Sang-Neuf* célébraient de façon très différente l'arrivée de la saison des Ténèbres : leurs fêtes se ressemblaient autant qu'une soirée enfantine d'Halloween et le carnaval de Venise.

La valse d'ouverture se termina ; les débutantes et leurs cavaliers reçurent les félicitations des amis et des associés de leurs parents. Partout où Cally posait les yeux, ce n'étaient que femmes ravissantes en somptueuses robes du soir et hommes élégants en smoking. L'air résonnait de rires, de musique et du tintement des verres en cristal quand les convives portaient des toasts.

---

1. Les mots suivis d'un astérisque sont expliqués dans le lexique, p. 179. *(N.d.T.)*

Au centre de la salle de bal, une gigantesque fontaine en or martelé offrait aux invités du comte Orlock un flot continu de sang O positif : ils pouvaient y remplir leur verre à volonté, ou porter leur choix sur les groupes sanguins plus rares que proposaient des serviteurs en livrée. Sur la piste de danse, des dizaines de couples tournoyaient avec un ensemble parfait.

Fille unique d'une mère célibataire, Cally avait grandi très loin des fastes de la haute société Sang-de-Race. Son père biologique avait attendu qu'elle ait seize ans pour se faire connaître et s'intéresser à elle. Du jour au lendemain, elle avait quitté son lycée Sang-Neuf miteux pour fréquenter la prestigieuse Académie Bathory. Le plus difficile pour elle n'avait pas été de s'adapter à cette existence dorée ; cela, elle se sentait capable de l'assumer. Non, ce qui lui déplaisait, c'était d'avoir été présentée à la société Sang-de-Race sous une fausse filiation.

Le baron Karl Metzger prétendait être son père, elle était en réalité la fille naturelle de son suzerain, Victor Todd, l'un des vampires les plus riches du monde. Sachant que son épouse Irina et sa fille Lilith ne supporteraient pas qu'une autre héritière puisse prétendre à la saigneurie* des Todd, Victor avait jugé indispensable de faire passer Cally pour la fille de son vassal* afin de la protéger. Le fait que Lilith connaisse la vérité et le fasse chanter ne facilitait pas les choses. Et pour ne rien arranger, la mère de Cally était humaine !

Le baron Metzger s'approcha de la jeune fille.

— Ma chérie, viens que je te présente à une de mes amies.

Il l'entraîna vers une femme coiffée à la Cléopâtre, vêtue d'une robe en crêpe bleu nuit et de longs gants assortis.

— Karl, par les Fondateurs*, que je suis contente de te voir ! s'exclama-t-elle en lui prenant les mains tout en l'embrassant rituellement du bout des lèvres.

— Tu es plus belle que jamais, ma chérie ! J'aimerais te présenter ma fille. Cally, voici ma vieille…

— Tut, tut, tut ! le coupa la belle inconnue en agitant un doigt sévère. Tu sais qu'il est interdit de prononcer ce mot devant moi !

— Excuse-moi, *Liebchen*, j'avais oublié ! gloussa Metzger. Voici donc ma très grande amie Sister Midnight.

— *La* Sister Midnight ? s'exclama Cally.

Sister Midnight possédait à New York une maison de couture pour vampires très huppée, avec des succursales à Beverly Hills, Londres, Paris, Moscou et Tokyo. Si Victor Todd était le Bill Gates des Sang-de-Race, Sister Midnight incarnait leur Coco Chanel.

— En personne, répondit-elle. C'est toujours agréable d'être reconnue, et par la jeune génération qui plus est.

— Je suis très honorée de faire votre connaissance, madame.

Sister Midnight se tourna vers le baron, visiblement très flattée.

— Quelle charmante petite chose, Karl ! Mais où la cachiez-vous pendant tout ce temps ? Jusqu'à la seconde où je vous ai vu descendre l'escalier avec elle, j'ignorais totalement que vous aviez une fille.

— Cally est la fille d'une de mes concubines. À présent que ma chère femme Adela nous a quittés, plus rien ne m'empêche de la reconnaître officiellement.

Sister Midnight accepta son explication sans un battement de cils.

— Je constate qu'elle a hérité de votre sens de la mode ! J'adore votre robe, mon enfant. Où l'avez-vous trouvée ?

— Eh bien… euh… bafouilla Cally, qui n'osait pas avouer que c'était son œuvre.

— Allons, pas de fausse modestie ! déclara fièrement le baron Metzger. C'est elle qui l'a faite !

— Cally, est-ce vrai ? s'exclama Sister Midnight, estomaquée.

— En effet, avoua Cally, rouge de confusion.

— Et vous avez d'autres créations comme celle-ci ?

— Oui, mais la plupart sont dans des malles…

Cally se mordit la langue. Dès la fin du bal, on la conduirait à l'aéroport JFK, d'où elle s'envolerait pour l'Europe à bord d'un jet privé. Personne ne devait savoir qu'elle partait, surtout pas Lilith. Il lui fallait donc surveiller ses propos.

Elle n'avait aucune envie de quitter New York. Elle s'y était cependant résignée, pour la sécurité de sa mère. Et afin de satisfaire son père, même si elle devinait que le soudain intérêt qu'il lui témoignait était dû davantage à ses dons de jeteuse de foudre* qu'à son affection pour elle.

Sister Midnight plongea la main dans sa pochette en satin et en sortit une carte de visite qu'elle lui tendit.

— Passez donc à la boutique demain ou après-demain. Apportez-moi quelques-unes de vos créations. Si elles me plaisent, qui sait ? peut-être envisagerons-nous une future collaboration.

Cally écarquilla les yeux.

— Vous parlez sérieusement ?

Sister Midnight éclata d'un rire rauque.

— Je ne suis jamais sérieuse, toutefois je pense sincèrement ce que je dis ! J'aimerais beaucoup poursuivre cette conversation, ma chérie, mais j'aperçois une personne à qui je dois absolument parler !

Alors que Sister Midnight s'éloignait en faisant de grands gestes à un invité perdu dans la foule, Cally contempla la carte avec ravissement.

— Je n'arrive pas à y croire, murmura-t-elle au baron. J'ai toujours rêvé de me voir offrir une chance pareille.

Quel dommage que je ne puisse pas profiter de sa proposition !

— Que cela ne te démoralise pas, ma chérie. Les occasions ne manqueront pas. À présent que tu es des nôtres, les portes qui t'étaient fermées s'ouvrent à toi. Il ne te reste plus qu'à les franchir.

Cally méditait ces paroles quand Melinda Sarcasse émergea de la foule et courut vers elle.

— Te voilà ! s'exclama-t-elle avec un soupir de soulagement. Je te cherchais partout.

— Qui est cette charmante jeune fille ? demanda le baron, non sans remarquer son élégante robe Valentino.

— Baron… enfin, papa, permettez-moi de vous présenter ma grande amie Melinda.

— Je suis ravie de vous rencontrer, monsieur, déclara Melinda en lui offrant sa main.

Le baron Metzger claqua les talons et inclina le buste.

— Tout le plaisir est pour moi.

— Puis-je vous enlever votre fille quelques minutes, baron ? Mes parents souhaiteraient faire sa connaissance.

Anton Sarcasse était un bel homme au visage légèrement empâté, proche de la quarantaine. Son épouse, Layla, une jeune femme mince d'une beauté époustouflante, portait une robe de lamé avec un profond décolleté dans le dos. Sa coiffure très courte mettait en valeur sa peau acajou et ses yeux de chat.

— Papa, maman, permettez-moi de vous présenter mon amie Cally Mount.

— C'est donc vous, la Demi-Sang*? demanda Anton Sarcasse d'une voix aussi tranchante qu'une lame.

— Papa! protesta Melinda, horriblement gênée.

— Inutile d'être grossier, Anton! le rabroua son épouse.

— Je ne fais qu'énoncer la vérité! Sa mère est une Sang-Neuf, si je ne me trompe!

— Pourrions-nous passer une soirée sans que tu remettes la question des castes sur le tapis? soupira Layla.

Cally, interdite, vit soudain le baron surgir à son côté.

— Bonsoir, Anton, dit-il sèchement. Toutes mes félicitations pour les débuts de votre délicieuse fille.

— Merci, Karl. Je vous félicite également. Je posais juste à Cally quelques questions sur...

— Je sais très bien ce que vous faisiez, le coupa Karl Metzger. Elle a été officiellement présentée à la société Sang-de-Race comme ma fille. Et, si vous désirez d'autres informations, c'est à moi qu'il faut vous adresser.

— Pour quelqu'un qui affiche si fièrement sa bâtarde, vous semblez gêné par le terme « Sang-Neuf », ricana Sarcasse.

— Réservez-le plutôt à votre clique de Sang-Pur*. Ils ont du temps pour ces sottises. Pas moi.

Le visage de Sarcasse se tordit et, l'espace d'une seconde,

laissa apparaître un faciès de loup, les babines retroussées, les yeux brillant d'un éclat meurtrier.

— *Anton!*

La voix de Layla claqua comme un fouet. Le loup disparut aussi vite qu'il s'était matérialisé. Anton fusilla sa femme du regard, puis détourna la tête.

— Je vais me chercher un autre verre, lâcha-t-il avant de tourner les talons.

Layla Sarcasse posa la main sur le bras de Metzger.

— Je suis navrée, baron. Depuis qu'Anton a rejoint l'équipe du comte de Laval en qualité de conseiller, il est assommant! Il est devenu plus puriste que les Puristes*! Mais assez parlé de lui! conclut-elle avec un sourire forcé. C'est donc vous, Cally, qui avez sauvé la vie de ma fille? J'ai une immense dette envers vous! s'écria-t-elle en la serrant dans ses bras. Vous avez une fille très courageuse, baron!

Metzger haussa un sourcil.

— Ah bon?

— Elle ne vous a donc rien dit? Elle a arraché ma Melinda aux griffes des Van Helsing*.

L'étonnement du baron céda la place à l'inquiétude.

— Racontez-moi ça!

— Nous étions sorties en boîte, expliqua Melinda. Nous sommes tombées dans une embuscade. Les Van Helsing nous auraient planté un pieu dans le cœur si

Cally n'avait pas été là. Elle les a tués tous les trois grâce à ses pouvoirs de jeteuse de foudre.

Metzger dévisagea Cally avec effarement.

— Tu as tué trois Van Helsing à toi toute seule ?

— Plus ou moins, répondit Cally, très embarrassée.

En réalité, elle n'en avait même pas abattu deux. Melinda en avait éliminé un, pendant qu'elle-même utilisait ses pouvoirs pour en neutraliser un autre. Quant au troisième… eh bien, moins on en parlerait, mieux elle se porterait !

— Courageuse et modeste ! s'exclama Layla Sarcasse. Melinda a beaucoup de chance d'avoir une amie telle que vous, mon enfant. Tout comme vous-même avez de la chance d'avoir un père pareil.

Cally sourit.

— En effet.

Au même moment, son regard tomba sur Victor Todd, que l'on congratulait pour les débuts de sa fille. Il enlaçait tendrement les épaules de Lilith. Le sourire de Cally s'évanouit et elle s'empressa de regarder ailleurs.

— Bonsoir, madame. Bonsoir, monsieur.

— Bonsoir, Jules, répondit Irina. Vous êtes très beau, ce soir.

— Et vous, plus ravissante que jamais, madame, déclara-t-il en lui baisant la main. Mon père souhaiterait féliciter Lilith.

— Bien sûr, mon garçon ! s'écria Victor. Je vous la confie.

Lilith se pencha vers son père.

— Pourquoi le comte de Laval ne vient-il pas lui-même ? Dois-je vraiment me déplacer ?

— Oui, car il risque fort de devenir notre prochain Lord-Chancelier, grommela Victor.

Lilith leva les yeux au ciel et suivit Jules. Dès qu'ils se furent éloignés, Jules la prit brutalement par le bras.

— Par tous les Fondateurs, à quoi tu joues ?

— Qu'est-ce que tu veux dire ?

— Pourquoi as-tu demandé à Xander d'être ton cavalier ?

— Tu es mal placé pour me faire des reproches ! Tu sais que je déteste Cally et tu n'as même pas eu la décence de me prévenir que tu l'accompagnerais au bal.

— C'est différent !

— Tiens donc ! Et en quoi ?

Jules ne trouva rien à lui répondre et sa colère redoubla.

— Parce que ! En plus, nous ne sommes pas encore liés*, que je sache ! Et même si nous l'étions, tu n'aurais rien à dire.

Lilith ouvrit la bouche pour riposter qu'elle était au courant de ses frasques avec son ex-amie Carmen Duivel, mais ils arrivaient déjà devant l'élégant comte Julien de Laval.

C'était la réplique de son fils, en plus âgé et plus blasé. Lilith fit la révérence.

— Bonsoir, Votre Excellence. Vous désiriez me parler ?

— En effet, ma chère enfant. Nous voulions vous féliciter pour votre entrée officielle dans la société Sang-de-Race.

— Je suis très honorée, comte.

— Et vous remercier également d'avoir choisi notre neveu comme cavalier.

— Votre fils ne pouvant remplir ce rôle, il m'a paru tout naturel de choisir son parent le plus proche, mentit Lilith en décochant un regard assassin à Jules. À propos, Xander est un danseur exceptionnel.

— Il tient ce don de sa mère.

Le comte de Laval examina Lilith de la tête aux pieds, s'attardant sur ses longs cheveux blonds, ses yeux bleus étincelants et sa robe Marchesa.

— Votre fourreau souligne votre silhouette à la perfection, ma chère enfant. Un des rares défauts que l'on pourrait reprocher aux femmes de notre caste, c'est d'avoir le bassin étroit. Je constate avec plaisir que vous avez les hanches larges, ce qui facilitera vos accouchements.

Lilith dut se mordre la langue pour ne pas rétorquer vertement. Pour qui se prenait-il ? Et surtout, pour qui *la* prenait-il ? Pour une paysanne tout juste bonne à régénérer sa lignée et à lui donner des petits-fils qui ne ressemblent pas à des chauves-souris ?

— Alors, que t'a dit le comte ? s'écria Irina en se précipitant au-devant d'elle.

En dehors des mots croisés et du sudoku, le passe-temps préféré de sa mère consistait à chercher une signification cachée derrière le moindre commentaire des uns et des autres.

— Qu'il me considérait comme une poulinière, répliqua Lilith d'une voix vibrante d'indignation. À part ça, il m'a regardée comme si j'étais de la boue collée à sa semelle !

— A-t-il dit quelque chose sur ton père ou sur moi ?

— Pas un mot. Et quand bien même, quelle importance ? Vous devez l'intéresser autant que ses domestiques, et encore !

— Parlez plus bas ! marmonna Victor. Le comte de Laval est l'ethnarque des descendants de Faroch l'Asservisseur, il peut donc nous regarder de haut autant qu'il veut ! Du moins pour l'instant. Une fois que Jules et toi serez officiellement liés, ce sera une autre chanson.

— Papa, je ne peux pas voir le comte en peinture. Et pour être honnête, je songe sérieusement à rompre avec Jules ! Si ça ne tenait qu'à moi…

— Ce qui n'est pas le cas, siffla Irina en lui serrant le poignet si fort que Lilith grimaça (elle était passée maître dans l'art de la torturer discrètement sous des dehors de mère attentionnée). Quant à Jules, poursuivit-elle, on ne te demande pas de l'aimer, ni même de supporter sa compagnie, seulement de l'épouser et de porter ses enfants. Et c'est exactement ce que tu vas faire, jeune fille ! Parce que je ne te laisserai pas me priver de mon futur palace sur la Côte d'Azur, c'est compris ?

Lilith hocha la tête tout en massant son poignet meurtri.

Chapitre 2

Carmen Duivel sourit avec lassitude à son cavalier, qui lui tendait une flûte à champagne remplie de sang. Sergueï Savanovic fronça les sourcils. D'habitude, Carmen était un véritable boute-en-train. Il ne l'avait jamais vue aussi abattue.

— Qu'est-ce qui ne va pas ? Qu'est-ce que tu attends pour aller t'éclater avec Lilith et les autres ? Pourquoi restes-tu assise dans ton coin à regarder tout le monde faire la fête ?

Carmen lâcha un énorme soupir et parut sur le point de fondre en larmes.

— Cette nuit qui aurait dû être la plus belle de ma vie a tourné au cauchemar.

— Oh, tu dramatises !

— Pendant qu'on se préparait là-haut avant le bal, Lilith et Cally se sont disputées et j'ai laissé échapper des paroles que je n'aurais jamais dû prononcer. Résultat, Lilith a découvert ce qui s'était passé entre Jules et moi.

— Je corrige : tu ne dramatises pas !

Sergueï, le meilleur ami de Jules, était au courant de leur liaison depuis le début. Il se doutait des raisons qui avaient poussé Carmen à sortir avec Jules, mais il gardait prudemment ses réflexions pour lui.

— Et maintenant j'ai peur que Lilith le dise à Oliver.

— Quelle importance ? Vous n'êtes pas promis* l'un à l'autre !

— Non, mais Oliver est d'une susceptibilité maladive, et, à la moindre contrariété, il pète les plombs.

— Ce type ne m'a jamais plu. Ne te fâche pas, je ne comprends pas ce que tu fiches avec lui.

— Ma mère trouve qu'on forme un beau couple, répondit Carmen en montrant une femme rousse qui bavardait avec des membres de son country-club. Elle dit que ça facilite les choses pour entrer dans les boîtes branchées et attirer les proies. Ce qui n'est pas faux. Sauf qu'Oliver n'est vraiment pas gentil avec moi. C'est pour ça que j'ai commencé à flirter avec Jules. Et voilà qu'à présent c'est Jules qui me traite mal. Personne ne m'aime.

— Détrompe-toi ! protesta Sergueï en lui tapotant la main.

Alors que Cally regardait la foule élégante et distinguée valser sur les accords de *La Chauve-Souris* de Strauss, elle se surprit à songer à Peter. Leurs pères étant respectivement vampire et chasseur de vampires, ils n'avaient pas pu partager les plaisirs réservés aux couples de leur âge, aller danser par exemple. Même si c'était elle qui avait rompu, elle éprouvait encore des sentiments très forts envers lui. À tel point que tout à l'heure, quand elle tourbillonnait avec Jules, elle avait cru voir le visage pâle et désespéré de Peter derrière une des fenêtres qui donnaient sur le parc.

Elle allait regretter ses amis, certes; pourtant, elle s'habituait peu à peu à l'idée de partir vivre en Europe. L'éloignement serait salutaire: il lui permettrait d'oublier Peter. Cela l'aiderait, lui aussi. S'ils vivaient tous deux à New York, ils seraient constamment tentés de reprendre contact. Or, ils ne pouvaient plus courir le risque de se voir. Même le statut de son père ne suffirait pas à la protéger si jamais on découvrait qu'elle fréquentait un descendant de Pieter Van Helsing, le légendaire exterminateur de vampires.

Cally s'aperçut tout à coup qu'elle frottait machinalement sa main gauche sur sa cuisse. Elle avait des démangeaisons depuis le début de la soirée.

« Ce doit être l'énervement », songea-t-elle.

Elle entendit quelqu'un toussoter. Elle se retourna et vit Faustus Maledetto, alias Lucky, le grand frère de ses amies

Bella et Bette. Elle le trouva particulièrement mignon dans son smoking à double boutonnage et à larges revers. Il avait du charme, elle ne pouvait le nier. Mais elle gardait à l'esprit qu'il était le fils de Vinnie Maledetto, chef de l'organisation criminelle de la Strega* et ennemi juré de Victor Todd.

Victor lui avait interdit de fréquenter les Maledetto. Bien qu'elle ait décidé d'ignorer ses ordres en ce qui concernait les jumelles, elle n'avait aucune intention de s'afficher avec leur frère.

— M'accorderais-tu cette danse ?

— N'es-tu pas censé accompagner Melinda Sarcasse ?

— Et où donc est Jules de Laval ?

Cally regarda autour d'elle et éprouva une pointe de jalousie en voyant son père s'extasier avec un groupe d'associés sur la beauté de l'héritière reconnue de la fortune des Todd.

« Quel mal y a-t-il à ce que je danse avec Lucky ? fulmina-t-elle intérieurement. Et quelle importance si Victor me désapprouve ? Je vais quitter définitivement New York, non ? Qu'est-ce que ça change pour lui ? Il s'en remettra ! »

— D'accord, répondit-elle.

Dès les premiers pas, Cally s'aperçut que Lucky était un excellent danseur.

— Qu'est-ce qui ne va pas ? demanda-t-il en l'attirant plus près de lui. Tu as l'air soucieuse.

— Je suis désolée. Je traverse une période un peu compliquée.

— Je peux t'aider ?

Cally le regarda droit dans les yeux, impressionnée par son assurance. Elle eut la certitude que peu de choses devaient résister à Lucky Maledetto quand il décidait de s'en occuper.

— Ta proposition me touche beaucoup, mais je ne crois pas. Et tu as déjà assez fait pour moi.

— Tu parles du jour où j'ai semé la panique dans la bande de Johnny Muerto ? gloussa-t-il. Ces abrutis ont besoin d'être remis à leur place. Et j'adore leur donner des leçons.

Il inclina la tête, examina les cheveux courts de Cally et son visage de lutin.

— Tu sais ce qu'un escargot dit quand il croise une limace ?

Cally écarquilla les yeux, déconcertée.

— Non…

— « Encore une exhibitionniste ! »

— Oh, elle est nulle ! s'esclaffa-t-elle.

— Ben, tu vois, je savais bien que je parviendrais à te dérider.

Boris Orlock, le propriétaire de King's Stone, se leva de son trône d'os et d'ivoire sculpté, puis fit tinter son verre de cristal en le tapotant de son ongle incurvé. Aussitôt, les musiciens reposèrent leurs instruments et le brouhaha cessa. Tous les yeux se tournèrent vers le maître des lieux. Tel un fantôme, le comte Orlock se dressait devant ses élégants invités dans toute son imposante et stupéfiante laideur.

— Je voudrais que nous portions un toast aux magnifiques jeunes femmes qui font leurs débuts ce soir ! déclara-t-il d'une voix de baryton qui emplit la salle comme un grondement de tonnerre. Que votre avenir soit aussi beau que vous l'êtes ! Au nom des Fondateurs, que votre vie soit longue et votre soif étanchée !

— Que votre vie soit longue et votre soif étanchée ! répéta l'assistance à l'unisson.

Au moment où Cally portait sa coupe à ses lèvres, elle entendit un bruit de verre brisé quelque part derrière elle. Un domestique avait dû faire tomber un plateau. Elle pivota et vit alors les fenêtres exploser. Des projectiles fusaient dans les airs et roulaient sur le parquet. Elle étudia ce qui venait de tomber à ses pieds et écarquilla les yeux.

Une grenade lacrymogène !

— Recule ! hurla Lucky en la protégeant au moment où le gaz gris jaillissait. Couvre-toi la bouche !

En quelques secondes, ce fut la débandade. Bousculée par les invités qui essayaient de s'échapper, Cally avançait à tâtons, les mains tendues en avant, incapable de distinguer quoi que ce soit dans la fumée épaisse et piquante.

— Lucky ? Où es-tu ?

— Je suis là, ne t'inquiète pas, répondit-il, et elle sentit une main vigoureuse se refermer sur la sienne.

Tout à coup, la foule rebroussa chemin et la sépara de Lucky. Aveuglée, suffoquant, Cally se trouva emportée par la marée humaine. Quelque part dans ce chaos, elle entendit le baron crier son nom, sans pouvoir déterminer d'où venait sa voix.

D'abord, Lilith crut que les explosions et les nuages de fumée venaient d'un feu d'artifice surprise organisé par le comte Orlock. Mais, quand ses yeux commencèrent à pleurer et son mascara à couler, elle comprit que c'était beaucoup plus grave.

— Papa, que se passe-t-il ? gémit-elle.

Victor Todd sortit de sa poche une pochette en soie ornée de ses initiales et se couvrit la bouche et le nez.

— Nous sommes attaqués, princesse !

— Quoi ? Des Van Helsing ? Ici ? Ils sont malades ! s'écria Irina.

— Emmène Lilith tout de suite, ordonna Victor à sa femme, et il poussa la fille vers sa mère.

— Tu as entendu ton père, cria Irina en attrapant Lilith par le bras. Partons d'ici.

La jeune fille regarda autour d'elle, mais la fumée ne permettait pas de voir à plus de deux mètres.

— Où est Jules ?

— Laisse les Laval se débrouiller seuls, rétorqua sa mère. Il faut sortir de là !

Lilith se dégagea brutalement.

— Ne me dis pas ce que je dois faire !

— Lilith ! Reviens immédiatement !

Ignorant les cris de sa mère, elle tenta de fendre la foule. Bientôt, elle ne put plus avancer ni reculer. À demi asphyxiée, elle se mit à donner des coups de pied et des coups de griffe aux personnes qui se trouvaient devant elle. Paniquées, celles-ci l'imitèrent, déclenchant une réaction en chaîne.

Il y eut un fracas de verre et de bois ; un courant d'air frais s'engouffra dans la pièce tandis que les invités franchissaient les portes-fenêtres et s'éparpillaient sur la pelouse telle une nuée de guêpes fuyant leur nid en feu.

Cally sortit en titubant sur la terrasse et se dirigea vers l'escalier qui menait aux jardins.

— Pas de quartier ! brailla une voix.

Aussitôt, des douzaines de flèches volèrent vers elle et elle eut à peine le temps de plonger derrière une réplique en marbre de la *Vénus de Milo*. De sa cachette, elle vit un invité bondir sur la balustrade, prendre instantanément sa forme ailée et s'élancer dans le ciel, espérant échapper ainsi aux Van Helsing qui bandaient de nouveau leurs arcs. Au moment où elle le crut sorti d'affaire, une ombre plongea du haut du château.

En un clin d'œil, la gargouille rattrapa le fuyard et, d'un coup de griffe, lui arracha une aile. Le vampire mutilé alla s'écraser trente mètres plus bas, dans les haies qui bordaient les jardins.

Cally frissonna en entendant la gargouille pousser un hurlement de triomphe. Les Van Helsing et leurs créatures étaient décidés à tous les exterminer !

Lilith se fraya un chemin jusqu'à la terrasse en piétinant littéralement ses congénères. Sa robe en lambeaux, le visage barbouillé de mascara, elle n'avait plus rien de la débutante qui avait attiré tous les regards.

— Jules ! Maman ! Papa ! Où êtes-vous ? appelait-elle, espérant repérer un visage connu dans la foule hagarde qui l'entourait.

— Lilith ! Attention !

Elle fit volte-face et aperçut la dernière personne qu'elle souhaitait voir : Cally Mount. Tapie derrière une statue, elle désignait le ciel avec de grands gestes.

Elle entendit un lourd battement d'ailes derrière elle et se retourna d'un bond. Une créature, dont la gueule tenait à la fois du pit-bull et du crocodile, bondit sur elle, les griffes sorties, la saisit entre ses serres et l'emporta dans la nuit.

— Lâche-moi ! hurla-t-elle en se débattant pour se libérer de son emprise. Au secours ! Au secours !

En réponse à son appel, une masse s'abattit sur le dos de la gargouille et tordit la chaîne métallique autour de son cou pour l'étrangler.

Lilith crut que c'était son père ou Jules qui venait à sa rescousse. Mais, quand elle entrevit le monstre hideux qui chevauchait la gargouille, elle se demanda s'il venait la sauver ou s'il se battait simplement pour sa part du butin.

La gargouille grondait et essayait de désarçonner son passager indésirable, mais celui-ci tenait bon, s'agrippant à son collier tel un cow-boy sur un taureau furieux. Rugissant de douleur et de colère, la gargouille lâcha Lilith, qui tomba comme une pierre vers le sol, quinze mètres plus bas.

La jeune fille n'avait pas la capacité de prendre si vite sa forme ailée. Même si une telle chute ne pouvait pas tuer un vampire, elle serait très douloureuse. Et, si Lilith atterrissait sur la tête, elle pourrait souffrir de dommages irréversibles, malgré ses pouvoirs de régénérescence presque instantanée…

Au moment où elle allait s'écraser sur les dalles de marbre de la terrasse, une silhouette plongea sous elle et la reçut dans ses bras. Lilith ouvrit les yeux, s'attendant à voir le beau visage de Jules.

— Exo ! s'écria-t-elle, médusée.

Xander Orlock, le fils du comte Boris Orlock, lui sourit, soulagé, et la reposa sur ses pieds. Puis il se tourna vers Jules, qui se précipitait dans leur direction.

— Conduis-la vite au refuge !

— Compte sur moi, cousin, répondit Jules qui tirait déjà Lilith par le bras.

— Et toi ? lança-t-elle à Xander.

Il montra du doigt le ciel où la gargouille et son mystérieux cavalier continuaient à se battre.

— Je vais aider Klaus à finir le travail.

Sur ces mots, Xander se transforma et s'envola dans la nuit.

— Viens, Lilith ! la pressa Jules en l'entraînant vers la salle de bal. Tu as entendu Exo : il faut se sauver d'ici !

— Qui est Klaus ? demanda-t-elle, les yeux toujours rivés sur Xander, qui attaquait la gargouille sur l'autre flanc.

— Le frère aîné de Xander.

Cally était restée pétrifiée quand la gargouille avait emporté Lilith. Elle ne savait pas ce qui l'avait le plus choquée : voir une gargouille voler ou sa demi-sœur complètement décoiffée, avec son maquillage ravagé.

Lorsque le monstre avait sauté du toit du château sur le dos de la gargouille, Cally avait couru pour tenter d'amortir la chute de Lilith. Certes, elles avaient failli s'entretuer à plusieurs reprises, mais Cally ne pouvait pas la regarder s'écraser au sol sans intervenir. Après tout, elles étaient du même sang.

C'est alors qu'on l'avait brutalement attrapée par le bras et tirée en arrière. Un Van Helsing, le visage dissimulé par un masque, était à présent penché sur elle. Obnubilée par la gargouille et le sort de Lilith, elle ne l'avait pas vu se glisser sur la terrasse.

Elle se dégagea d'un coup sec, saisit le chasseur de vampires à la gorge et le souleva du sol.

— Cally ! C'est moi ! cria une voix étouffée.

— Peter ! Alors je n'avais pas halluciné ! s'écria-t-elle en lui arrachant son masque. C'était bien toi derrière la fenêtre ! Qu'est-ce qui se passe ? Ton père a perdu la tête ou quoi ? Pourquoi massacre-t-il les Sang-de-Race ?

Les beaux yeux bruns de Peter s'emplirent d'angoisse.

— Je suis désolé, Cally, il faut me croire. Je ne pensais pas qu'il irait jusque-là.

— Voyons, Peter, qu'est-ce que tu as fait ?

— J'ai dit à mon père que tu partirais en Europe après le grand bal, avoua-t-il sans oser la regarder. Et il a décidé de te capturer ou de te tuer avant que tu ne quittes le pays.

Cally eut un affreux pressentiment.

— Mais comment a-t-il su où se déroulait le bal ? Je ne te l'ai pas dit.

— La nuit où tu as rompu avec moi dans le cimetière, tu as laissé tomber une enveloppe avec une carte-réponse. Elle portait le nom et l'adresse d'Orlock. Je l'ai donnée à mon père.

Cally fut prise d'une violente nausée.

— Tu veux dire que c'est moi, la responsable de toute cette horreur ? s'exclama-t-elle en montrant le carnage autour d'eux.

— Je ne voulais pas que tu t'en ailles, gémit Peter. Je t'aime, Cally ! J'ai besoin de toi ! J'ai pensé que, si mon père te capturait, tu serais bien forcée de rester avec moi ! Il faut me comprendre ! Quand j'ai découvert ses intentions, j'ai tenté l'impossible pour l'arrêter. Mais j'ai compris que je n'y parviendrais pas, alors je t'ai appelée sur ton mobile pour te prévenir de ne pas venir. Trop tard : ta mère m'a dit que tu étais déjà partie…

Cally se dégagea brutalement.

— Ma mère ? Qu'est-ce que ma mère vient faire dans l'histoire ?

— Je lui ai parlé, c'est tout. Elle n'a rien voulu entendre. J'ai tenté de l'avertir. Je lui ai conseillé de prendre la fuite.

— Mais pourquoi, Peter ?

— Ils savent où tu habites, Cally. Ils ont suivi Todd et il les a conduits droit chez toi. Je suis désolé…

— Peter, qu'est-il arrivé à ma mère ? lâcha-t-elle d'une voix glaciale.

— Peu importe, pour l'instant. La priorité, c'est de te mettre à l'abri ! Je dois t'emmener loin d'ici avant que les hommes de mon père te capturent.

Il lui prit la main. Elle se libéra d'un geste sec.

— Tu ne m'emmèneras nulle part ! Il n'est pas question que j'abandonne mon père et mes amis !

— Je t'en prie, Cally ! Aie confiance en moi !

— Tu rêves ! hurla-t-elle, les yeux pleins de larmes. Je t'ai fait confiance, et voilà où ça m'a menée ! Comment as-tu pu me trahir ainsi, Peter ?

Incapable de supporter plus longtemps la présence de l'homme qu'elle avait tant aimé, Cally tourna les talons et fonça à découvert, sans se soucier des flèches qui sifflaient autour d'elle.

Chapitre 3

Alors que Carmen tentait d'échapper aux flèches qui pleuvaient sur elle, quelqu'un marcha sur la traîne de sa robe. Elle trébucha et roula tête la première au pied de l'escalier. Quand elle parvint enfin à se relever, un Van Helsing surgit d'un buisson et pointa son arc sur elle.

Au même moment, un énorme loup à la fourrure charbon bondit de l'obscurité et planta ses crocs dans la gorge du chasseur. Puis, reprenant sa forme humaine, Sergueï Savanovic se redressa et essuya le sang sur sa bouche.

— Vite, sauvons-nous de cet enfer !

Jamais Carmen n'avait eu aussi peur de sa vie. Pourtant, elle sourit.

— Lilith ! Où es-tu, princesse ? s'époumonait Victor, qui essayait désespérément de repérer les cheveux blonds de sa fille dans la cohue.

Les Van Helsing connaissaient très bien leurs proies. Ils avaient tablé sur leur peur viscérale du feu en utilisant des bombes lacrymogènes et fumigènes pour semer la panique. Et quelques minutes à peine après le début de l'attaque, les jardins et la terrasse étaient le théâtre d'une confusion et d'une terreur sans nom.

Entendant un animal hurler de douleur au-dessus de sa tête, Victor leva la tête et vit la gargouille apprivoisée des Van Helsing s'enfuir, les ailes déchirées et les flancs profondément lacérés.

— Le voilà ! cria une voix. Todd est là !

Des chasseurs de vampires équipés de lunettes de vision nocturne et d'arcs à répétition grimpèrent l'escalier quatre à quatre. Ils étaient menés par Christopher Van Helsing, patron de l'Institut tant haï des vampires et descendant direct de ceux qui avaient tué les parents de Victor.

— Tirez !

Pris au piège, Victor s'effondra sur le sol, le corps transformé en pelote d'épingles. Bien qu'il n'ait été touché ni au cœur ni au crâne, les deux seuls endroits où les vampires étaient vulnérables, il était trop blessé pour se relever.

Christopher Van Helsing s'approcha et le contempla avec un sourire amer.

— Chaque nuit, depuis que tu as assassiné mon père, j'ai rêvé de cet instant. Des regrets, Todd ?

— Je regrette seulement de ne pas t'avoir tué en même temps que lui, gronda Victor, avant de cracher un flot de sang sur les chaussures de son ennemi. Cela m'apprendra à vouloir me montrer humain.

— Au moins la Main Noire sera-t-elle restituée à ses héritiers légitimes ! Et tu ne pourras rien faire pour l'empêcher, le nargua Christopher Van Helsing en posant un pied sur sa poitrine. Prends ça de la part de mon père, ajouta-t-il en braquant son arc sur sa poitrine. Brûle en enfer, Todd !

— Je lui ferai mes salutations dès mon arrivée là-bas, riposta Victor avec un petit rire.

— Non ! hurla Cally en surgissant de l'ombre derrière le chasseur de vampires.

Pris par surprise, Christopher Van Helsing se retrouva face à une fille aux cheveux courts et aux grands yeux verts dont la main gauche brillait d'une sombre énergie.

— Pas vous ! gémit-il, terrifié.

Il laissa tomber son arc et cria de douleur, les yeux écarquillés de stupeur en regardant son bras. Sur la manche de sa veste se dessina la marque noire d'une main. Avec horreur, il vit le bout des doigts s'allonger comme des lianes et remonter jusqu'à son épaule. Quand l'ombre gagna son cou et son visage, Van Helsing poussa un hurlement d'agonie.

Cally se couvrit les oreilles et se détourna, incapable de supporter la vue de cette noirceur qui s'introduisait dans la bouche, les yeux et le nez du chasseur. En quelques secondes, ce qui avait été un être humain ne fut plus qu'une ombre chinoise. On ne distinguait plus d'orbites, plus de bouche, juste une obscurité insondable. L'ombre agita les bras et tituba, avant de s'écrouler sur elle-même tel le jet d'une fontaine dont on coupe l'alimentation.

Cally releva la tête. Peter, à l'autre bout de la terrasse, la regardait avec incrédulité. La colère et le chagrin qu'elle lut dans ses yeux lui brisèrent le cœur. Malgré tous ses efforts pour l'éviter, elle venait de perpétuer la tradition des Todd et des Van Helsing qui se haïssaient et s'entretuaient de génération en génération.

On entendit un rugissement de dragon. Les dernières fenêtres de la salle de bal encore intactes explosèrent. Dans une pluie de verre, l'imposante silhouette du comte Orlock émergea des nuages de gaz lacrymogène et s'avança sur la terrasse. Les Van Helsing, momentanément déroutés par la disparition de leur chef, repartirent brusquement à l'attaque et décochèrent une volée de flèches sur le vampire.

Le comte Orlock, impassible, en saisit une au vol, comme s'il s'agissait d'un jouet et, avec un grondement de mépris, la renvoya vers ses ennemis. Elle se planta dans la gorge d'un des chasseurs. Tous refluèrent aussitôt vers l'escalier.

— Par la Puissance des Ténèbres ! Vous osez m'attaquer dans ma propre demeure ? hurla le comte d'une voix qui résonna tel le tonnerre. Vous osez assaillir mon peuple par cette nuit sacrée ? Vous paierez cette profanation de votre vie, misérables !

Il leva ses mains griffues au-dessus de sa tête. Ses yeux rougeoyèrent comme des braises. Un éclair déchira la nuit.

— Debout, mes fidèles légions ! Venez venger votre maître !

Un grondement sourd répondit à cette injonction. D'énormes mécanismes souterrains se mirent en branle. Une demi-douzaine d'entrées secrètes s'ouvrirent dans le soubassement du château : une armée de morts-vivants* se déversa des catacombes. Vinrent d'abord des centurions romains, vêtus de cuirasses argentées et de jambières, ensuite des gladiateurs armés de tridents et de filets, puis des chevaliers en armure, et enfin des grenadiers de la Grande Armée de Napoléon.

Peter Van Helsing regardait, pétrifié, ces légions avancer sur lui. Il réagit à peine lorsque Rémy, un des lieutenants de son père, le saisit par le bras.

— Peter, secoue-toi ! Il faut partir !

— Mais mon père… protesta-t-il d'une voix pâteuse, encore sous le choc de la vision de Cally tuant Christopher Van Helsing.

— Il n'est plus là ! C'est toi le chef, à présent ! hurla Rémy en l'entraînant vers les hélicoptères cachés au fond du parc.

Des Van Helsing équipés de lance-flammes s'avancèrent pour dresser un mur de feu entre l'armée de vampires et leurs camarades qui se repliaient. Les morts-vivants du comte Orlock reculèrent comme des chevaux apeurés. Quoique capables de résister à tout, sauf à un pieu dans le cœur et à la lumière du soleil, ils partageaient la terreur de leurs maîtres pour le feu.

Tandis que Rémy le poussait vers les hélicoptères, Peter se retourna une dernière fois. Cally, immobile sur la terrasse, le fixait, le visage décomposé.

Peter maudit sa stupidité. Il s'était laissé ensorceler par une vampire et son père l'avait payé de sa vie. Il s'était plu à croire que Cally n'était pas comme les autres parce qu'elle avait une mère humaine. En fait, c'était la digne fille de son père !

Pourtant, ce n'était pas cela, le pire.

Non, le pire, c'est qu'il avait beau la haïr plus que tout au monde, il ne pourrait jamais renoncer à son amour.

— Cally ! Les Fondateurs soient loués, tu es vivante ! Tu n'es pas blessée ?

Cally, muette, regarda le baron retirer sa veste et la lui mettre sur les épaules. Elle contempla son bras gauche. Sa main avait repris une apparence normale. Cependant, elle la tenait écartée d'elle, comme si elle ne faisait pas partie de son corps.

— Je voulais juste l'arrêter, bredouilla-t-elle. Je ne voulais pas faire ça. Je l'ai à peine touché…

Le baron fronça les sourcils.

— De quoi parles-tu ? Que s'est-il passé ?

— Elle s'est servie de la Main Noire pour tuer le chef des Van Helsing, grommela Victor en se redressant à grand-peine.

Il arracha les flèches plantées dans son torse en grimaçant.

— Monseigneur, comment vous sentez-vous ? demanda Metzger en se précipitant vers lui.

Victor l'arrêta d'un geste et se leva.

— Je serai vite rétabli. Je dois retrouver Lilith, c'est tout ce qui compte.

Victor balaya du regard la terrasse jonchée de cadavres et de mourants des deux camps. Horrifié, il écarquilla les yeux en apercevant le corps d'une femme blonde dans l'escalier.

— Les Fondateurs aient pitié de nous ! Non ! Irina !

Il dévala les marches et, bouleversé, se jeta à genoux près du corps de son épouse.

— Mais qu'est-ce qu'elle faisait là ? Je lui avais dit de rester à l'intérieur pendant que j'allais chercher Lilith.

Le comte Orlock s'avança, accablé.

— Quand Jules a ramené votre fille, Irina a tenu à vous prévenir que Lilith était saine et sauve. C'est ma faute ! J'aurais dû appeler plus tôt mes légions en renfort.

— Seulement huit minutes se sont écoulées depuis le début de l'attaque ! s'étonna Metzger en regardant sa montre.

— Une flèche lui a transpercé le cœur, se lamenta Victor en caressant les cheveux de sa défunte épouse. Sa saigneurie est perdue.

— Les Van Helsing paieront pour ce crime ! s'exclama le comte.

— Ils ont déjà payé. Leur chef est mort.

Le comte Orlock haussa les sourcils.

— Christopher Van Helsing est mort ? Mais comment ?

Victor montra du doigt Cally, qui se tenait, tremblante, à côté de Metzger.

— Vous voulez me faire croire qu'une simple novice* a tué le patron de l'Institut ?

— Elle n'est pas vraiment une novice, expliqua Victor. Elle porte la Main Noire.

Le comte Orlock se tourna vers Metzger, consterné.

— Par le sang des Fondateurs ! Votre fille est à moitié humaine ?

— Oui, Votre Excellence.

— Cela va se savoir et nous serons forcés de nommer une commission d'enquête, soupira le comte. Laval y veillera !

— Je sais, Boris, soupira Metzger.

— Karl, je vous en prie, ramenez votre fille à la maison avant que mon beau-frère n'apprenne la nouvelle, soupira le comte. Celle qui a exterminé le plus grand ennemi de notre peuple mérite au moins cela.

— Quand allons-nous sortir d'ici ? demanda Lilith.

— Lorsque l'oncle Boris viendra nous chercher, répondit Jules.

Le refuge secret des Orlock était aménagé derrière l'immense cheminée située sur le mur ouest de la salle de bal. Jules y avait conduit Lilith après sa mésaventure avec la gargouille. Ils y avaient retrouvé le père de Jules, le comte de Laval, et la tante Juliana, la comtesse Orlock.

Lilith avait été soulagée de ne pas y voir le comte Orlock, car elle n'aurait pas supporté la promiscuité avec un homme si hideux. Cependant, elle s'inquiétait que Xander ne soit pas venu les rejoindre. Il avait été si courageux ! Pourvu qu'il ne se fasse pas tuer par un Van

Helsing ! Elle avait encore besoin de lui en alchimie. Sa mère n'était pas revenue non plus, mais cela l'inquiétait beaucoup moins.

Dans un raclement de pierre, l'entrée secrète s'ouvrit : le comte Orlock et Victor Todd apparurent sur le seuil.

— Papa ! s'écria Lilith en se jetant dans les bras de son père qui la serra tendrement contre lui.

— Tu vas bien, princesse ?

— J'ai été attaquée par une horrible gargouille. Et, sans Xander et son frère Klaus, je serais morte !

— Klaus n'est que le demi-frère de Xander, le fils de la première femme du comte, intervint Laval.

— Qu'il ait sauvé la future épouse de votre fils, voilà tout ce qui devrait compter à vos yeux, Julien, rétorqua Orlock.

Cette remontrance déplut visiblement au père de Jules, toutefois il se tut.

— Où est maman ? demanda Lilith. Elle est partie te dire que j'étais en sécurité et…

— Lilith, j'ai une terrible nouvelle à t'annoncer, soupira Victor. Ta pauvre mère est morte.

— As-tu pu recueillir sa saigneurie avant son décès ? s'enquit-elle, imperturbable.

Victor secoua la tête.

— Hélas, je suis arrivé trop tard. Elle a reçu une flèche en plein cœur.

— Merde, merde, merde ! hurla Lilith en donnant des coups de pied dans les murs de pierre, aveuglée par la rage.

— Calme-toi ! ordonna Victor en la saisissant par les poignets. Je comprends ton chagrin…

— Mais qu'est-ce que cette abrutie avait besoin de sortir ! Ce n'était pas la peine d'aller te chercher. Quelle idée de mettre sa saigneurie en danger ! Elle n'avait pas le droit de me faire ça !

— On ne pourrait pas aller plus vite ? s'impatienta Cally.

Le baron se pencha pour lui tapoter la main.

— Ne t'inquiète pas, Cally. Les Van Helsing n'ont plus de chef. Et nous n'avons rien à craindre du fils ; ce n'est qu'un joli garçon qui est toujours resté dans l'ombre de son père. Ça m'étonnerait qu'ils se lancent à notre poursuite après les pertes qu'ils ont subies ce soir.

— Ce n'est pas pour moi que je m'inquiète. C'est pour ma mère.

— Pourquoi s'en prendraient-ils à elle ? Surtout qu'elle n'est pas toute seule. Ton père a laissé deux morts-vivants chez elle.

Cally tourna les yeux vers la fenêtre.

— J'ai un mauvais pressentiment.

— Je n'ai jamais eu aussi honte de ma vie ! gronda Victor en traversant le hall du château des Orlock, Lilith courant derrière lui sur ses hauts talons complètement fichus. Je sais que ta mère et toi n'avez jamais été proches, mais tu aurais pu au moins feindre d'être émue par sa mort !

— Mais je suis émue !

— Non, tu es folle de rage ! Tu lui en veux de s'être fait tuer ! Et, crois-moi, ce n'est pas pareil. Qu'est-ce que tu imagines ? Tu n'es pas la seule à souffrir de cette situation. Je ne suis pas ravi d'avoir été dépossédé de sa saigneurie, mais j'ai au moins la décence de ne pas le lui reprocher publiquement !

— Je n'ai jamais dit ça !

— En tout cas, tu l'as laissé entendre ! Tu pourrais lui témoigner un peu plus de respect.

— Garde tes conseils pour toi !

Victor se retourna si vite que Lilith faillit le percuter. Elle rentra la tête dans les épaules en voyant son regard.

— N'emploie plus jamais ce ton avec moi, compris ?

Elle baissa les yeux.

— Oui, père, murmura-t-elle.

— Dépêchons-nous ! cria-t-il en repartant à grands pas vers la sortie. Je préfère ne pas être là si les autorités locales se manifestent. Et, en plus, j'ai une tonne de travail qui m'attend. Quand Irina est morte, tous les morts-vivants de la famille Viesczy ont disparu avec elle, dont un bon nombre de nos domestiques. Il faut que je sorte nos morts-vivants des chambres froides pour les remplacer. Et je dois aussi organiser la totentanz* de ta mère. La mort d'une femme de son rang et de sa lignée exige une magnifique célébration.

— Aurons-nous assez de morts-vivants ? s'inquiéta Lilith.

— Rassure-toi. J'en ai plus qu'il n'en faut. Mais ils sont restés si longtemps hors circuit qu'il leur faudra du temps pour s'adapter à ce siècle et à sa technologie. Enfin tout devrait être rentré dans l'ordre d'ici à quinze jours.

Alors qu'ils se dirigeaient vers le parking, Lilith leva les yeux vers le ciel, s'attendant presque à voir une gargouille fondre sur elle. Elle frissonna et pressa le pas pour rattraper son père. Victor s'arrêta pour chercher des yeux sa Rolls-Royce parmi la collection de berlines luxueuses et de superbes cabriolets.

— Je la vois, papa ! s'exclama sa fille. Troisième rangée à gauche ! Mais où est passé Vassily ? ajouta-t-elle, les sourcils froncés.

— Il est là !

Victor montra le tas de vêtements et la casquette de chauffeur sur le siège du conducteur. Sur le tapis, une paire de chaussures en cuir était emplie d'une fine poudre grise. Victor vida sur le gravier les restes de son chauffeur.

Lilith toussa et agita la main devant son nez.

— J'ai toujours cru que Vassily appartenait à la branche Todd ! Qu'est-ce qu'on va faire ?

— Je sais conduire, figure-toi, ricana Victor en récupérant les clés de la voiture.

— Plus vite on sera partis, mieux ce sera !

— Où tu te crois ? grommela son père en la voyant ouvrir la portière arrière. Tu vas t'asseoir devant avec moi.

— Mais…

— Pas de « mais », jeune fille ! Je ne veux pas qu'on me prenne pour ton chauffeur. Allez, monte !

— Oh, ça va ! J'ai compris ! s'exclama Lilith en claquant la portière.

Victor passa la marche arrière en secouant la tête. Il commençait déjà à regretter Irina. Et, qu'elle l'admette ou non, Lilith aussi.

Chapitre 4

La première chose que Cally remarqua en sortant de l'ascenseur fut le silence.

— C'est mauvais signe, dit-elle au baron. D'habitude, on entend son home cinéma avant même que les portes ne s'ouvrent.

— On a dû déjà le démonter.

Oui, il devait y avoir une explication toute simple, se raisonna-t-elle. Le baron avait raison : elle devenait parano et sa mère allait bien. Surtout qu'elle l'avait laissée dans l'appartement avec Walther et Sinclair, les deux serviteurs morts-vivants chargés par son père d'emballer leurs affaires pour les expédier en Europe. Mais en s'approchant de l'appartement, elle vit avec horreur que la porte avait été fracturée.

Après des mois passés à endurer le home cinéma de sa mère, qui faisait trembler les murs, les voisins n'avaient pas été alertés par le bruit, croyant sans doute qu'il s'agissait d'effets spéciaux.

— Maman ! hurla Cally en se précipitant à l'intérieur.

Le baron la retint par le bras.

— Reste là. Je vais y aller. Si jamais il t'arrivait quelque chose, ton père réclamerait ma tête sur un plateau.

Le regard qui accompagna ces paroles fit comprendre à la jeune fille que Karl Metzger ne tolérerait aucune discussion. Elle s'effaça à regret pour le laisser passer.

Quelques instants plus tard, il revint, la mine grave.

— Qu'est-il arrivé ? demanda-t-elle en sautant pour voir par-dessus son épaule. Où est ma mère ? Est-elle blessée ? Maman ? Maman, c'est moi ! s'époumona-t-elle en essayant d'écarter le baron.

Il secoua la tête.

— N'y va pas, Cally. Il y a trois corps. Deux hommes et une femme.

— Quoi ? Je ne vous crois pas ! Je veux les voir de mes yeux !

Le baron l'immobilisa en lui plaquant les bras le long du corps.

— Fais-moi confiance. Il ne faut pas que tu voies ta mère dans cet état ! Les Van Helsing l'ont prise pour l'une des nôtres...

— Non, vous vous trompez. Je le sais ! s'entêta Cally,

sans cesser de secouer la tête comme s'il suffisait de nier les faits pour qu'ils n'existent pas.

— Elle tenait cette photo.

Il plongea la main dans la poche de son manteau et lui tendit un petit cadre. Cally fixa le cliché qui représentait ses grands-parents lors de leur dernier anniversaire de mariage. Bientôt, les larmes l'aveuglèrent.

Sa mère avait rêvé de faire partie de la société vampire. Dès son adolescence, elle s'était complètement immergée dans cette culture. Même si Sheila Mount n'avait jamais pu vivre en vampire, Cally trouvait un étrange réconfort à l'idée qu'elle était morte en vampire.

Alors qu'elle essuyait ses pleurs du revers de la main, elle songea soudain que tous les humains de sa famille étaient morts. Cette constatation la ramena à l'effrayante réalité.

— Qu'est-ce que je vais faire ? se demanda-t-elle à voix haute.

— Eh bien, tu ne peux pas rester ici, répondit le baron. C'est beaucoup trop dangereux pour toi.

— Je n'ai nulle part où aller...

Metzger lui entoura les épaules d'un bras protecteur.

— Que dirais-tu de venir habiter chez moi quelque temps ? proposa-t-il gentiment.

— Et mes vêtements ? Je n'ai rien d'autre à me mettre que ce que j'ai sur le dos. Tout le reste a été empaqueté.

— Je m'en charge. On va te les rapporter.

— Vous êtes sûr que ça ne vous dérange pas ? Je ne voudrais pas…

— Ne dis pas de bêtises, ma chérie. Tu ne me déranges pas du tout ! Je n'ai pas grand-chose, juste un petit pied-à-terre pour mes passages à New York. Mais il est assez confortable. Tu pourras même avoir ta chambre.

Cally avait l'impression d'être une naufragée échouée sur une île déserte. Depuis deux ans, depuis la mort de sa grand-mère, elle avait fait l'impossible pour protéger sa mère et subvenir à ses besoins. Bien qu'elle ait honte de l'admettre, elle se sentait en partie soulagée de pouvoir redevenir une enfant comme les autres et se laisser choyer.

— Au Plaza ! ordonna le baron à son chauffeur tandis qu'il aidait sa fille adoptive à monter dans la voiture. Et vite !

Le Plaza, qui occupait sur la Cinquième Avenue tout le pâté d'immeubles qui allait de la 58e à la 59e Rue, avait accueilli pendant plus d'un siècle les plus grosses fortunes et les plus grandes célébrités de la planète. Après avoir été somptueusement rénové, il proposait désormais des appartements à ceux qui avaient les moyens de les louer.

Cally contempla avec stupeur le sol en marbre et les lustres étincelants tandis qu'ils traversaient le hall en direction des fameux ascenseurs aux portes dorées. Petite, elle avait dévoré les livres d'Eloïse[2], s'imaginant qu'elle vivait dans un hôtel de luxe comme celui-ci. Si son séjour au Plaza n'avait pas été dû à des circonstances aussi dramatiques, Cally aurait été folle de joie de mettre ses pas dans ceux de l'héroïne de son enfance.

À leur arrivée à l'appartement de Metzger, au quatorzième étage, la porte leur fut ouverte par un mort-vivant vêtu d'une livrée de majordome et de gants blancs immaculés.

— Bienvenue, monsieur le baron, le salua le serviteur en le débarrassant de son manteau.

— Merci, Edgar. Préparez la chambre d'amis pour cette jeune fille.

— Très bien, monsieur.

— Ce n'est pas très grand, répéta Metzger à Cally avec un geste vers la suite de sept pièces aux plafonds agrémentés de moulures et aux cheminées d'époque, mais on y est bien.

— Je n'en doute pas, répondit Cally, qui remarqua immédiatement la décoration signée Versace.

— Excuse-moi un instant, ma chérie. Je dois passer quelques coups de téléphone urgents.

---

2. Classique américain de la littérature jeunesse, qui raconte les aventures d'Éloïse, petite fille de six ans qui vit à l'hôtel Plaza, sur la 5e Avenue à New York, avec sa tortue Fanchounette et sa *nanny* anglaise.

Cally traversa la salle de séjour et se campa devant une fenêtre qui donnait sur la Cinquième Avenue. De là, Central Park ressemblait à une couverture géante étendue à ses pieds, festonnée de guirlandes de lumières qui n'étaient autres que les vieux réverbères qui bordaient ses allées et ses sentiers. Tout s'était passé si vite ! Tant de choses avaient changé inéluctablement ! Il lui semblait que les événements tragiques de la soirée avaient été vécus par quelqu'un d'autre.

Les yeux toujours fixés sur le parc, elle se demanda si son père avait encore l'intention de l'envoyer en Europe. À la pensée de partir à l'étranger sans sa mère, une angoisse fulgurante fit voler en éclats la carapace de torpeur qui la protégeait. Elle avait toujours vécu entourée de sa famille. Mais sa grand-mère était décédée depuis longtemps et sa mère… sa mère était…

Elle poussa un soupir et baissa les yeux vers le rebord de la fenêtre, où une goutte venait de tomber. Elle toucha son visage et découvrit qu'elle pleurait.

— J'ai de bonnes nouvelles, annonça Metzger en revenant dans la pièce. Ton père estime qu'il n'est plus nécessaire de te faire quitter New York. Mais… tu pleures encore ? s'exclama-t-il en s'arrêtant net, sidéré.

— J'ai toujours su que ma mère mourrait avant moi, bredouilla Cally en essayant de maîtriser le tremblement de sa voix. Cependant je n'imaginais pas que cela se passerait ainsi.

— Bien que je ne sois pas ton père, je peux peut-être te donner un conseil paternel, murmura gentiment le baron en l'entraînant vers le canapé. Force m'est de constater que tu n'es pas tout à fait comme nous. Tu as été élevée selon les mœurs et la morale des humains. Ne prends pas mal ce que je vais te dire : si tu veux survivre dans notre monde, tu ne pourras plus pleurer ta mère au-delà de cette nuit.

Cally écarquilla les yeux d'incrédulité.

— Quoi ?

— Il n'est pas dans nos coutumes de pleurer nos morts comme le font les hommes. Nous les célébrons par une grande fête donnée en leur honneur et, quand celle-ci est terminée, notre vie reprend son cours.

— Seriez-vous en train de me dire que je dois oublier ma mère ?

— Quelle est l'espérance de vie moyenne des humains ? Soixante-quinze ans ? Quatre-vingts, tout au plus ? La nôtre se compte en siècles. Et qui voudrait passer des siècles à pleurer un être cher comme au premier jour ? Porter le deuil en public nous est interdit, car nous répandrions la mélancolie autour de nous.

Cally essuya ses larmes.

— Alors, si ma vie reprend comme avant, je peux rentrer chez moi ? s'enquit-elle avec espoir.

Le baron secoua la tête.

— Non, ce serait beaucoup trop dangereux de vivre seule, surtout maintenant que les Van Helsing savent où te trouver. Et n'es-tu pas censée être ma fille, après tout ?

— Pourquoi prolonger cette supercherie? Irina est morte. Quelle importance, à présent ?

— Ton père ne veut pas se mettre à dos la future belle-famille de sa fille. Il s'est donné beaucoup de mal pour arranger ce mariage avec les Laval. Julien est un intégriste, comme ce délicieux M. Sarcasse que tu as rencontré ce soir. S'il savait que Lilith a une demi-sœur* humaine, il annulerait tout.

— La chambre d'amis est prête, maître, vint annoncer Edgar. J'ai pris la liberté de faire couler un bain à la jeune demoiselle.

— Très bien ! La nuit a été éprouvante, peut-être désires-tu te retirer ?

— Merci, baron. Vous avez raison, je suis épuisée.

— Alors je te souhaite une bonne journée, répondit-il en lui tapotant la main. Et n'oublie pas, ma chère enfant, la vie est trop longue pour qu'on la passe à pleurer.

Non seulement la chambre d'amis faisait deux fois la taille de celle de Cally à Williamsburg, mais elle possedait sa salle de bains particulière. Comme le reste de l'appartement, cette pièce était meublée en Versace, ce qui, n'en déplaise au baron, créait une ambiance plus froide que douillette. Tout en inspectant son nouveau domaine, Cally ne put s'empêcher de regretter son canapé-lit, sa vieille armoire et son patchwork de posters sur sa porte.

Alors qu'elle se déshabillait, son regard tomba sur l'armoire à pharmacie au-dessus du lavabo, dont le miroir était recouvert d'une couche de peinture mate. Cela lui rappela cruellement qu'elle vivait désormais dans un monde cent pour cent vampire. Jusqu'à présent, malgré ses fréquentes incursions dans la société Sang-de-Race et Sang-Neuf, sa vie de tous les jours s'était déroulée parmi les humains.

Elle plia avec soin sa robe du soir et la posa sur la petite banquette près de la porte avant d'entrer dans la baignoire. En temps normal, elle préférait les douches, mais elle ne détestait pas se prélasser dans un bain.

Elle pressa la grosse éponge sur ses épaules et sa poitrine. Elle ferma les yeux et, subitement, le visage de sa mère surgit devant elle. Elle poussa un gémissement et le chagrin déferla sur son cœur telles les eaux d'un barrage dont on aurait ouvert les vannes.

Depuis sa naissance, Cally jouissait d'une vitalité et d'un tonus exceptionnels, qu'elle devait à ses gènes vampires. Elle n'avait jamais été malade de sa vie, et, les rares fois où elle s'était fait mal, la douleur n'avait pas duré. Elle n'avait jamais vraiment connu de souffrance, du moins physique. Moralement, hélas, il en allait tout autrement.

La dernière fois qu'elle avait éprouvé pareille détresse, c'était quand sa grand-mère les avait quittées, deux ans auparavant. Son deuil avait été si intense et si long qu'elle en avait été terrifiée. Mais la tristesse qui la submergeait aujourd'hui lui semblait mille fois pire.

Au moins avait-elle eu le temps de se préparer à la mort de sa grand-mère. Et, d'une certaine manière, elle avait pu se consoler à la pensée que la vieille dame ne souffrait plus. Mais la mort de sa mère avait été si cruelle, si brutale… en outre, elle en était responsable ! Anéantie, Cally serra ses genoux contre sa poitrine et se mit à se balancer dans l'eau parsemée de pétales de rose.

« J'aurais dû être là. J'aurais dû la protéger. C'était moi qu'ils cherchaient, pas elle. L'attaque, la mort de maman, celle du père de Peter, celle de la mère de Lilith… tout est ma faute. »

Chapitre 5

Cally marche pieds nus le long de la plage et observe la marée qui monte. Elle porte un paréo coloré et arbore un hibiscus derrière l'oreille. La lumière de la pleine lune ourle d'une écume d'argent les vagues qui viennent mourir sur le sable. À la lisière de la jungle qui recouvre l'île, les palmiers se balancent dans la brise tiède.

Elle baisse les yeux et aperçoit une conque rejetée par l'océan. Avec un sourire, elle la ramasse et la porte à son oreille. Au lieu d'être bercée par le bruit de la mer, elle entend quelqu'un qui l'appelle de très loin et, de frayeur, elle lâche le coquillage.

Elle scrute la plage et devine au sommet d'une dune la silhouette d'un homme qui se découpe dans le ciel nocturne. Il lui fait signe de le rejoindre. Elle ne peut pas distinguer ses traits, mais elle reconnaît instinctivement Peter. Elle court dans sa direction sur le sable humide.

Quelqu'un d'autre crie son nom, seulement, cette fois, l'appel vient de l'océan. Elle se retourne et voit avec angoisse sa mère se débattre dans les vagues à quinze mètres du rivage. Alors qu'elle repart vers l'eau, Peter l'agrippe par le bras.

Cally fait volte-face, essayant de comprendre pourquoi il veut l'empêcher de sauver sa mère, et se rend compte que ce n'est pas Peter, mais une créature obscure avec des tourbillons de néant à la place du visage. Et, bien que le monstre soit dépourvu d'yeux, Cally sent qu'il la regarde.

Impuissante, elle voit sa mère lutter frénétiquement contre le courant qui l'entraîne au large. Cally a beau se débattre, elle n'arrive pas à se libérer de l'ombre. Elle s'aperçoit alors que des filets noirs remontent le long de son bras comme des lianes grimpant le long d'une grille.

— Cally, où es-tu ? crie sa mère dans le lointain. Pourquoi n'es-tu pas là ?

Cally se réveilla le souffle court, entortillée dans son drap, le corps baigné de sueur. Son cœur cognait dans sa poitrine comme si elle venait de courir un marathon. Elle ne reconnut pas l'endroit où elle se trouvait et chercha vainement ses repères : où étaient son armoire, sa machine à coudre, son mannequin de couturière ?

Toujours sous le coup de la terreur, elle se demanda si elle était vraiment réveillée. Son bras gauche lui semblait à la fois froid comme la glace et brûlant comme le feu. Elle constata alors qu'il était aussi sombre que si elle l'avait trempé jusqu'au coude dans du goudron.

Luttant contre la panique, elle se remémora les conseils de sa grand-mère Sina concernant ses pouvoirs de jeteuse de foudre : « Laisse-toi porter par ces pouvoirs. Ne les laisse pas se faire porter par toi. »

Cally inspira à fond et relâcha peu à peu son souffle tout en s'efforçant de ralentir son rythme cardiaque. Elle devait se calmer. Quand elle rouvrit les paupières, elle constata avec soulagement que l'ombre avait disparu.

Elle leva la main et agita les doigts pour s'assurer qu'il n'en restait plus aucune trace.

« Au nom des Fondateurs, en quoi suis-je en train de me transformer ? »

Lilith fronça les sourcils en voyant l'heure qu'indiquait son réveil digital. Où donc était passée Esméralda ? Elle attendait son habilleuse depuis vingt minutes. Du jamais vu ! Pourtant, Esméralda savait qu'elle ne pouvait pas commencer sa nuit sans ses soins.

Sa vie aurait été tellement plus simple si elle avait pu se préparer seule. Mais comme les miroirs étaient interdits chez les vampires, elle était bien forcée de compter sur cette maudite bohémienne pour être présentable. Qu'est-ce qu'elle fichait donc ?

Lilith prit le téléphone sur sa table de nuit et appela l'office. Une seconde plus tard, le majordome des Todd répondit.

— Oui, mademoiselle Lilith ?

— Curtis, ça fait une heure que j'attends Esméralda. Où est-elle ?

— Je suis désolé, mademoiselle Lilith, répondit-il avec son accent anglais distingué. Esméralda nous a quittés.

Lilith fronça les sourcils.

— Où est-elle allée ?

— Esméralda faisait partie des morts-vivants de Madame. Je crains qu'elle ne soit plus de ce monde.

— Alors trouvez-moi une autre habilleuse ! Et vite !

— Nous en avons déjà sorti une de la chambre froide, mademoiselle Lilith. Elle devrait se présenter à vous d'une seconde à l'autre.

Au même moment, Lilith entendit frapper à la porte. Elle courut ouvrir et se trouva devant une femme vêtue d'une robe taille basse et d'un chapeau cloche, chargée de la traditionnelle mallette de maquillage.

— Bonjour. Je m'appelle Josette, murmura la nouvelle venue en clignant des yeux. Est-ce vous, madame Irina ?

— Non, répondit Lilith d'un ton sec. Mme Irina n'est plus. Je suis sa fille.

Josette haussa les sourcils de surprise.

— Sa fille ? Le maître a donc enfin réussi à concevoir un héritier ?

Lilith leva les yeux au ciel.

— Faut croire ! Si on se bougeait un peu ? J'ai une foule de rendez-vous et ma patience a des limites.

Josette courba la tête.

— À vos ordres, maîtresse.

Lilith se retourna d'un bond.

— Comment m'avez-vous appelée ?

— Maîtresse. Vous m'avez bien dit que Mme Irina était morte ? Ça fait de vous la maîtresse de maison des Todd, non ?

— Sans doute… C'est juste que je n'avais pas encore envisagé la situation sous cet angle.

Tandis que Lilith s'asseyait sur son fauteuil, Josette sortit un peignoir de coiffeur en soie noire et le déplia d'un coup sec avant de le lui passer.

— Alors, à qui voulez-vous ressembler ? Louise Brooks ? Gloria Swanson ? Oh, je sais ! Greta Garbo !

Lilith trouva son père attablé dans la salle à manger, son BlackBerry pressé contre l'oreille, l'air totalement déconcerté.

— Vous me prévenez très tard ! Êtes-vous certain que cela soit nécessaire ? Oui, oui, je suis conscient du danger que cela représente… Cependant, je ne vois pas en quoi cette situation est comparable... Très bien, soupira-t-il, résigné. J'arrive dès que possible.

— Qui était-ce ? demanda Lilith en se servant un verre d'AB négatif au chauffe-plasma installé sur le buffet.

Victor remit son BlackBerry dans la poche de sa veste.

— Quelqu'un d'HemoGlobe. Nous devons restructurer la société pour compenser cette perte d'effectif inattendue. Ta mère en contrôlait une grande partie.

— Tu ne vas pas déposer le bilan ?

— Ne dis pas de bêtises. Je te le répète, j'ai encore des légions de morts-vivants en chambre froide, ici et en Europe. Cela étant, la transition sera difficile. Leur adaptation aux nouvelles technologies et aux évolutions de la société exigera du temps.

— Ne m'en parle pas. L'habilleuse que Curtis m'a envoyée voulait me déguiser en star du muet. Je lui ai donné une pile de magazines à consulter pour demain soir.

Lilith finit son verre et se tourna vers le majordome.

— Curtis, sonnez Bruno et dites-lui d'amener ma voiture.

— Oui, maîtresse, répondit-il aussitôt.

— Pas si vite ! s'écria Victor en l'arrêtant d'un geste, un regard sévère fixé sur sa fille. Où penses-tu aller comme ça ?

— Au club !

— Il n'en est pas question ! Ce n'est pas parce que ta mère a été tuée hier soir que j'ai changé d'avis ! Tant que tu n'auras pas la moyenne en alchimie, tu n'iras nulle part en dehors de ton école, de la Scribothèque* et du laboratoire de ton professeur particulier !

— C'est pas juste ! hurla-t-elle en jetant son manteau par terre.

— Ce n'est vraiment pas le moment, Lilith ! la mit en garde son père. J'ai déjà assez à faire avec HemoGlobe et l'organisation de la totentanz de ta mère. Alors épargne-moi tes caprices !

Lilith le fusilla du regard. Bien qu'Irina et elle n'aient jamais été très proches, elle regretta que sa mère ne soit plus là : elle serait allée tout lui raconter sur Victor et sa sale petite bâtarde.

Hélas, Irina était morte et l'atout que gardait Lilith dans sa manche ne valait plus un clou. Heureusement, une fille comme elle ne manquait pas de ressource. Elle ne s'avouait pas vaincue.

De l'extérieur, rien ne distinguait l'immeuble du laboratoire de Xander des autres vieilles constructions du quartier du Flatiron.

— Je t'appellerai quand j'aurai terminé, Bruno, dit Lilith en descendant de la limousine.

Dans le hall décoré de marbre et de cuivre, un grand panneau vitré énumérait par ordre alphabétique les différentes entreprises qu'abritait l'édifice. XOXperiences se trouvait au dernier étage.

Lilith entra dans le vieil ascenseur et appuya sur le bouton du sixième. À son arrivée, elle fut accueillie par Xander en personne.

— Waouh ! Tu es superbement installé ! s'exclama-t-elle en découvrant la salle immense avec ses paillasses équipées de toutes sortes d'instruments.

Un crocodile d'apothicaire, comme ceux qu'on utilisait dans les rituels de l'ancienne Égypte, était suspendu par des fils au plafond métallique.

— Mon père m'a offert ce laboratoire le jour où j'ai fait un trou dans le mur de ma chambre, avoua-t-il. C'est un ancien atelier de photographie, les voisins sont donc habitués aux odeurs chimiques. J'ai également un accès privé au toit, ce qui me permet d'aller et venir à ma guise.

Lilith haussa les sourcils.

— Tu voles beaucoup ?

— Oui, je suis le vice-capitaine de mon équipe de combat aérien.

— J'aurais dû m'en douter, à voir la façon dont tu as attaqué la gargouille ! À propos, merci pour hier soir. Tu m'as sauvé la vie.

— Je n'ai pas fait grand-chose. C'est surtout Kayo qu'il faut remercier.

— Kayo ?

— C'est ainsi que j'appelle Klaus, mon frère aîné. C'est lui qui a attaqué la gargouille. Moi, je suis juste arrivé pile pour te rattraper au vol.

— N'empêche qu'ensuite tu t'es rué à sa poursuite, et il fallait avoir un sacré courage.

— Je ne pouvais pas laisser mon frère se battre tout seul, non ?

Xander eut brusquement l'air gêné.

— Au fait... j'ai appris, pour ta mère. Je suis désolé.

— Bah, ce sont des choses qui arrivent ! soupira Lilith avec un haussement d'épaules. Comme ton cousin qui me trompe.

— Ça, c'est un mystère pour moi. Tu es cent fois plus jolie que Carmen !

— Tu es sincère ? murmura-t-elle en effleurant le contour de son visage du bout des doigts. Tout le monde me répète que je suis belle, mais comment le croire ? Les gens disent tant de choses qu'ils ne pensent pas.

— Eh bien, moi, je pense chacun de mes mots.

Elle croisa ses yeux bleus au regard limpide et rougit.

— Merci, Exo, ça fait plaisir à entendre.

Elle réfléchit en se tapotant le menton.

— Tu te souviens que je t'ai demandé s'il serait possible d'inventer un produit qui permette aux gens de notre espèce de se refléter dans les miroirs ?

— Bien sûr. L'idée ne manque pas d'intérêt.

— Je suis contente qu'elle te plaise. Dis-moi, Exo, tu t'y connais en cosmétiques ?

Cally déambulait dans l'appartement du baron Metzger, admirant les robinets en or, les revêtements en marbre de la cuisine et les lustres en cristal. Elle était trop bouleversée à son arrivée pour apprécier le luxe et le raffinement qu'offrait le Plaza. Quel dommage que Sheila ne soit plus là pour voir ça !

Cally ferma les yeux et secoua la tête. Sa douleur était encore trop vive, trop neuve. Penser à sa mère ne pouvait que déclencher une crise de larmes, ce qu'elle devait absolument éviter si elle voulait survivre dans son nouvel univers.

En retournant dans sa chambre, Cally remarqua que la porte du bureau du baron était entrouverte. Elle glissa la tête dans l'entrebâillement par curiosité.

On se serait cru dans un club victorien. En face de la porte, un secrétaire ancien dont le cylindre relevé laissait entrevoir un ordinateur à écran plat. Des bibliothèques remplies de rouleaux de parchemins et de manuscrits en écriture chthonique* couvraient les murs.

Au-dessus du secrétaire, elle aperçut un portrait à l'huile d'un homme en costume du début du XVIIe siècle qui ressemblait beaucoup au baron Metzger. C'était le genre de peinture qu'on s'attendait à trouver dans un musée.

Cally s'approcha et souleva une pile de papiers posés près de l'ordinateur. En les feuilletant, elle se rendit compte qu'il s'agissait de photocopies de dessins de la nouvelle collection de Maison d'Ombres.

Bien que les tenues aient du style, elle les jugea trop apprêtées à son goût. Elle prit machinalement une feuille de parchemin et une griffe de scribe* dans un des compartiments du secrétaire et se mit à dessiner.

— Qu'est-ce que tu fais ici ?

Cally sursauta. Emportée par sa passion, elle avait complètement oublié où elle se trouvait. Et Metzger la regardait d'un air mécontent.

— Oh, je suis désolée, baron ! J'admirais votre bureau quand j'ai aperçu ces esquisses… Ça m'a donné des idées et…

— Puis-je les voir ? la coupa-t-il en tendant la main.

Cally lui remit le parchemin.

— Je suis vraiment désolée. Je n'aurais pas dû… C'est déjà si gentil à vous de m'héberger…

— Ne t'excuse pas, ma chérie. Les changements que tu as apportés à ces croquis sont absolument fantastiques !

— Que Monsieur me pardonne de l'interrompre, dit alors le majordome en s'avançant dans la pièce.

— Oui, Edgar ? Qu'y a-t-il ?

— Un certain M. Sarcasse désirerait vous voir. Il dit qu'il vient de la part du Synode*.

— J'arrive tout de suite.

Metzger reposa les dessins et fit signe à Cally de l'accompagner.

Anton Sarcasse patientait au salon en contemplant d'un œil hargneux le Picasso accroché au-dessus de la cheminée. Il portait autour du cou le sceau du Synode : un médaillon représentant un cadran d'horloge.

— Bonsoir, Anton, le salua Metzger. À quoi dois-je le plaisir de votre visite ?

— Une commission d'enquête se réunira ce soir afin d'étudier le cas de votre fille, répondit Sarcasse d'un ton aigre. Vous devez me suivre tous les deux au Naos.

Chapitre 6

Cally regarda nerveusement autour d'elle tandis qu'Anton Sarcasse leur faisait traverser le hall en marbre d'un immeuble de bureaux de Central Park West. Puis ils prirent l'ascenseur jusqu'au dernier sous-sol, enterré profondément sous les rues de la ville. Deux morts-vivants musclés, mitraillette en bandoulière, les accueillirent. Les épaulettes rouges de leur manteau de cuir indiquaient qu'ils appartenaient à la Garde Écarlate, l'armée privée du Lord-Chancelier.

Ils conduisirent le baron et Cally jusqu'à une porte de fer où figurait le même symbole que sur le médaillon de Sarcasse. En son centre était inscrit, en lettres d'or, l'idéogramme chthonique représentant le mot « sang ». La porte s'ouvrit avec un grincement sur un vieillard barbu à la forte carrure, en longue robe rouge d'archiprêtre.

— Salutations, frère Lazarus, dit Sarcasse. Les autres sont-ils arrivés ?

L'archiprêtre s'effaça pour les laisser entrer.

— Ils sont tous là.

Ils s'avancèrent dans une salle circulaire gigantesque, au plafond voûté. C'était le Naos, le sanctuaire consacré aux treize Fondateurs de la race vampire. Dans chacune des douze alcôves ménagées dans les murs se dressait une idole en ébène de six mètres de haut. Au centre de la salle, positionnée tel le style d'un cadran solaire, trônait l'idole dédiée au dernier et plus puissant des treize Fondateurs : Urlock le Terrible, dont les bras ailés s'ouvraient en signe de bienvenue… ou de menace.

Face à cette statue, il y avait une longue table à laquelle siégeaient le comte Orlock, Victor Todd et un homme que Cally n'avait jamais vu. À chaque extrémité se tenaient d'autres gardes écarlates qui la fixaient comme des automates.

— Avancez, Metzger, le moment est venu de répondre de vos péchés devant le Sang, annonça l'inconnu d'une voix sinistre.

— La culpabilité du baron Metzger reste encore à établir, comte de Laval, le rappela à l'ordre le comte Orlock. C'est à cette commission d'enquête qu'il appartient d'en décider.

— Comte de Laval ? Vous êtes le père de Jules ? s'écria Cally. Il était mon cavalier au grand bal…

— Je ne le sais que trop, la rabroua-t-il.

— Franchement, je ne comprends pas pourquoi vous tenez tant à cette enquête, Julien, s'emporta Victor. Vous devriez saluer en cette jeune fille une héroïne, au lieu de la condamner comme une traîtresse ! Non seulement elle m'a sauvé la vie, mais elle a anéanti le plus grand ennemi de son peuple !

— Son peuple ? Parlons-en ! Elle n'est pas vampire, Victor !

— Ni humaine, souligna le comte Orlock. Quoi qu'il en soit, ce n'est pas la question qui nous intéresse aujourd'hui. Baron Metzger, pourquoi avez-vous fait passer votre fille pour une Sang-Pur* au grand bal des Ténèbres ?

— J'avoue ma faute, mais je l'ai fait par fierté et non pas dans une mauvaise intention, se défendit Metzger. Il aurait été dangereux pour Cally que je la reconnaisse du vivant de mon épouse. Cependant plus rien ne s'y opposait quand je me suis retrouvé veuf. Cally est une enfant magnifique, extrêmement intelligente et douée. Savez-vous que ses dons de jeteuse de foudre ont commencé à se manifester alors qu'elle n'avait pas douze ans ?

Le comte Orlock haussa les sourcils, visiblement impressionné.

— Si jeune !

— Je me moque qu'elle jongle avec des tronçonneuses en déclamant des vers de Shakespeare ! ricana le comte de Laval. Vous avez délibérément bafoué l'une de nos traditions les plus sacrées !

Le baron Metzger se redressa de toute sa hauteur, pas intimidé pour deux sous.

— Je conçois que les Puristes comme vous n'accordent guère de valeur au sang humain, sauf pour étancher leur soif. Pourtant, tous les vampires ont de l'ADN humain en eux, ne serait-ce qu'en quantité infime, y compris vous, comte de Laval ! Que cela vous plaise ou non, les humains ne sont plus les hommes des cavernes terrorisés qu'ont connus nos ancêtres. La race vampire ne peut espérer survivre qu'en multipliant les croisements avec eux. Nous sommes traqués par un nombre toujours croissant de nouvelles technologies. Il y a des caméras partout ! Bientôt, nous serons refoulés dans nos cavernes. Et l'Institut sera alors le cadet de nos soucis !

Le comte de Laval se leva d'un bond et frappa la table du poing.

— *Hérésie !* hurla-t-il.

— Alors les Fondateurs étaient des hérétiques, eux aussi ? rétorqua Victor. Le baron Metzger a raison : nous ne serions plus là si les vampires et les humains n'avaient pas donné naissance à des hybrides*. Il n'est nulle part écrit dans nos textes que le grand bal est interdit à celles qui ont du sang humain dans les veines. Il est juste spécifié que toute jeune fille présentée doit avoir au moins un parent Sang-de-Race. Cally remplit cette exigence.

— J'aurais dû me douter que vous prendriez la défense de Metzger ! cracha le comte de Laval. C'est votre vassal.

— Victor dit vrai, insista le comte Orlock. Aucun texte n'interdit aux Demi-Sang de participer au grand bal. D'ailleurs, je me souviens très bien qu'un parent de ma première femme a présenté sa fille, hybride humaine, au grand bal de Kiev en 1703...

— Qu'importe ! le coupa le comte de Laval. Nous savons tous ce qui s'est passé la dernière fois que la Main Noire s'est manifestée ! Il vaut mieux se débarrasser de cette fille maintenant que de courir le risque de la voir se retourner un jour contre nous !

Victor Todd se leva à son tour.

— Quoi que vous pensiez, Laval, Cally n'est pas Pieter Van Helsing. Elle n'a pas souffert des cruautés que le peuple de son propre père a infligées à celui-ci. Cally nous fournit l'occasion de réparer l'erreur que nous avons commise avec Pieter, elle nous offre une seconde chance de prendre le contrôle de la Main Noire afin que celle-ci œuvre désormais pour nous et non pas contre nous. Après, nous n'aurons plus à craindre d'attaque humaine.

— J'avoue que vous m'intriguez, Victor, reconnut le comte de Laval à contrecœur. Mais je maintiens qu'il est trop risqué de laisser vivre cette enfant. Qu'en dites-vous, Boris ?

— Ma famille sait combien il est insensé de vouloir conserver la pureté de notre sang à tout prix, déclara le comte Orlock d'un ton solennel. Le baron Metzger a raison : on ne peut pas revenir en arrière. Continuer à nous replier sur nous-mêmes ne ferait que nous affaiblir. Viens ici, Klaus, poursuivit-il en se levant et en esquissant un geste vers la voûte. Tout va bien, mon fils, tu peux te montrer.

Cally suivit le regard du comte. Elle aperçut un être perché sur l'épaule d'une des idoles, qui ressemblait au démon d'un livre d'épouvante. Il la fixait, les yeux comme des soucoupes. Elle retint machinalement son souffle quand il déploya ses ailes de chauve-souris et s'élança dans le vide.

Le fils aîné du comte Orlock devait bien mesurer plus de deux mètres. Il était entièrement recouvert d'une fourrure grise et ses genoux se pliaient à l'envers. Contrairement aux vampires normaux sous leur forme ailée, il possédait, outre deux ailes dans le dos, des bras humains parfaitement formés.

— Par les Puissances des Ténèbres ! siffla le comte de Laval. Vous avez osé amener ce monstre !

— Vous devez choisir, Julien, dit à son beau-frère le comte Orlock. Vous ne pouvez pas prôner la pureté de la race vampire et, en même temps, condamner les résultats de la consanguinité.

Il tendit les bras à son fils, qui s'y précipita, puis il le gratta derrière les oreilles avec affection.

— Quand il est né, on m'a dit de le tuer comme il avait tué ma femme chérie. On l'a traité de monstre, de créature venue d'un autre âge. C'était oublier qu'il était avant tout mon fils. Je sais ce que c'est que d'être fier d'un enfant que les autres repoussent, de souhaiter le meilleur pour lui tout en étant conscient que c'est impossible, ajouta-t-il avec un sourire à l'intention du baron Metzger. Voilà pourquoi je n'ai pas le cœur de condamner votre conduite. Surtout que, si votre fille n'avait pas été là, je suis sûr que tout se serait encore plus mal terminé. Moi aussi, je crois qu'une occasion unique nous est offerte, et que nous ne devons pas la refuser par crainte de l'avenir. En tant que haut membre du Synode représentant la ville de New York, je propose donc qu'on laisse Cally Mount à la garde de son père, le baron Karl Metzger, à charge pour le Synode d'effectuer des contrôles réguliers afin de vérifier qu'elle ne représente aucune menace pour notre race.

Le baron inclina la tête avec gratitude.

— Merci, Votre Excellence.

— C'est un scandale ! vociféra le comte de Laval. Je n'en crois pas mes oreilles ! Je vais faire appel de cette décision auprès du Lord-Chancelier en personne !

— Mais je vous en prie, faites donc ! rétorqua le comte Orlock d'un ton glacial.

Le comte de Laval quitta le Naos à grands pas. Avant de suivre son suzerain, Anton Sarcasse foudroya le baron du regard.

— À votre place, Metzger, je ne m'attacherais pas trop à cette gamine. L'affaire est loin d'être réglée !

Chapitre 7

— Laissez, Edgar, j'y vais !

— Bien, mademoiselle Cally, répondit le majordome alors qu'elle passait en trombe devant lui.

Cally ouvrit la porte, un grand sourire aux lèvres.

— Merci d'être venue !

— Pas de problème, répondit Melinda Sarcasse en regardant autour d'elle. Waouh ! Chouette appartement ! Tu n'habites donc plus à Williamsburg ?

— Non, éluda Cally, de peur de faire remonter des émotions qu'il valait mieux cacher. Je vis ici, à présent.

— J'ai entendu mon père dire que tu avais été convoquée devant le Synode. C'est vrai ?

Cally haussa les épaules.

— Oui, mais tout s'est bien passé. Sauf que j'ai l'impression que ton père ne peut pas me souffrir.

— C'est un abruti ! décréta Melinda en se laissant tomber sur le canapé du salon. Après notre retour du grand bal, il m'a tannée pour que je cesse de te voir, sous prétexte que tu es à moitié humaine.

— Et tu ne crains pas qu'il pique une crise s'il apprend qu'on est toujours amies ?

— Je pense ce que je veux et je vis ma propre vie, merci beaucoup. Mais tu le sais déjà : tu n'as pas oublié mon ami de Chinatown, n'est-ce pas ? Et toi, est-ce que tu te soucies de ce que dira le suzerain de ton père s'il découvre que tu continues à fréquenter les sœurs Maledetto ?

— Je vois ce que tu veux dire.

— Alors, qu'est-ce que tu as envie de faire ce soir ? Allons voir ce club qui vient d'ouvrir.

— Ça ne me dit rien… Si on allait plutôt chez Sister Midnight ?

— J'adore cette boutique ! Ils ont toujours des chaussures sublimes ! Tu veux t'acheter de nouvelles fringues ?

— Pas exactement. Je dois rencontrer Sister Midnight en personne pour parler d'une collection de vêtements que j'ai dessinée.

— Arrête ! Tu me fais marcher ou quoi ?

— Non, je suis sérieuse, gloussa Cally. Elle a adoré ma robe du soir. Regarde, j'ai sa carte.

— Fais voir ! cria Melinda en la lui arrachant des mains. Oh, c'est génial ! Je n'arrive pas à le croire !

— Je dois juste lui apporter un ou deux modèles.

— Qu'est-ce que tu attends ? Allons vite les choisir ! s'écria Melinda en la poussant devant elle.

À l'inverse des magasins des humains, bien éclairés pour mettre la marchandise en valeur, l'intérieur de la boutique de Sister Midnight, avec ses lumières tamisées, évoquait un restaurant à l'ambiance romantique. Cally embrassa d'un regard admiratif les étagères laquées noires et les comptoirs en verre fumé, imaginant déjà une de ses créations sur l'élégant mannequin installé devant le rayon des cosmétiques.

Une vendeuse mort-vivant, les cheveux relevés en un chignon strict très tendance, s'avança vers elle.

— Bienvenue chez Sister Midnight. C'est pour un retour ? demanda-t-elle avec un geste vers la housse de vêtements que portait Cally.

— Non, je viens voir votre directrice. Elle m'a donné ceci.

Cally lui tendit la carte qu'elle avait montrée à Melinda.

— Un instant. Je vais la prévenir.

— C'est inutile… je suis là.

Sister Midnight apparut derrière un portant de robes en cachemire.

— Ah, Cally, ma chérie ! J'ai appris que vous aviez sauvé Victor Todd de cet abominable Christopher Van

Helsing ! Votre père doit être si fier de vous ! C'est un honneur pour moi de vous recevoir dans ma boutique !

Cally rougit devant ces louanges, sans perdre pour autant le fil de ses idées.

— Eh bien, ma robe vous avait plu…

— … et vous m'avez apporté quelques-unes de vos créations ! poursuivit Sister Midnight en lui prenant la housse des mains. Je parie qu'elles sont fabuleuses. Venez, nous serons mieux dans mon bureau.

— Mon amie peut nous accompagner ?

— Avec plaisir.

Sister Midnight conduisit les deux filles dans une pièce à l'arrière du magasin. Elle posa la housse sur son bureau et en baissa la fermeture Éclair. Pendant qu'elle examinait les vêtements, Cally et Melinda contemplaient avec stupéfaction les photos de mannequins célèbres et de grands couturiers qui ornaient les murs, toutes dédicacées à Sister Midnight.

— Vous avez vraiment croisé Coco Chanel ? s'étonna Cally.

— Si je l'ai croisée ? Ma chérie, qui lui a donné l'idée de sa fameuse petite robe noire, à votre avis ? Pour en revenir à vos œuvres, jeune fille, j'adore le bleu chatoyant de cette robe drapée et la façon dont elle bouffe sous la taille. Et cette jupe avec des découpes en jean est absolument adorable ! Vous avez tout cousu à la main vous-même ? C'est très impressionnant ! Il y a déjà des années que je n'intéresse plus les jeunes, qui préfèrent s'habiller dans les boutiques pour humains, et j'aimerais beaucoup reconquérir ce marché. Est-ce que cela vous plairait de présenter votre collection, ici, dans ma boutique ?

— Vous voulez parler d'un défilé de mode ? Un véritable défilé ? bégaya Cally.

— Il nous faudrait au moins douze tenues. Cela vous pose-t-il un problème ?

— Pas du tout ! s'écria Cally, qui était pourtant loin d'en avoir autant.

— Parfait ! Je vais garder ces deux-là pour que mes couturières les mettent aux mesures des mannequins. Vous devrez donc m'en fournir dix autres. Voyons voir... murmura-t-elle en sortant son BlackBerry de sa poche. Dans quinze jours, ça vous irait ?

— Génial ! répondit Cally, au bord de la panique.

— Ce sera l'événement de la saison, ma chérie ! On ne parle plus que de vous ! Vous avez tué le chef de l'Institut Van Helsing ! Qui peut rêver d'une publicité pareille ?

Le sourire de Cally s'évanouit.

— Vous voulez dire que les gens s'intéresseront à ma collection à cause de ça ?

— Il ne s'agissait pas de n'importe qui, ma chérie ! C'est comme si vous aviez débarrassé le monde de ces terroristes dont les caillots* ont si peur ! Évidemment que les gens souhaiteront vous voir, Cally! Vous êtes une héroïne!

— Mais ça n'a aucun rapport. Je veux qu'ils aiment mes créations pour ce qu'elles sont, pas à cause de ce que j'ai fait.

— Ils vont les adorer, mon enfant! la rassura Sister Midnight en lui passant un bras autour des épaules. La curiosité les fera venir, mais, une fois qu'ils seront là, ils tomberont sous le charme, tout comme moi.

— Vous croyez?

— Je les connais, ma chérie. Mais, je t'en prie, permets-moi de te tutoyer. Et toi, appelle-moi Sister.

Melinda secoua la tête, stupéfaite.

— Pince-moi, je rêve! Sister Midnight, la grande Sister Midnight en personne, te propose de présenter ta première collection!

— Moi non plus, je n'en reviens pas, déclara Cally, encore sous le choc.

— J'ai hâte de l'annoncer à Bella et à Bette!

— Non, je t'en prie. Je préfère attendre. J'ai trop peur que certaines filles de l'école me mettent des bâtons dans les roues.

— Tu veux parler de Lilith? soupira Melinda. D'accord, je tiendrai ma langue, mais tu dois m'accorder une faveur en échange. Prends-moi comme mannequin ! Je t'en priiiie !

Cally éclata de rire.

— Je n'y vois aucune objection. J'en parlerai à Sister Midnight.

Melinda applaudit de joie.

— Ouiiii ! Je vais m'acheter des chaussures pour fêter ça ! Tu viens avec moi ?

— Non, j'ai intérêt à m'installer au plus vite devant ma machine à coudre si je veux avoir dix tenues prêtes dans deux semaines.

Melinda lui prit les mains et l'embrassa sur les deux joues.

— Félicitations, Cally ! Je suis si contente pour toi ! À plus !

Sur ces mots, elle partit à la recherche des talons aiguilles de ses rêves, sa carte Platinium à la main.

Au moment où Cally entrait dans l'ascenseur, quelqu'un lui tapa sur l'épaule.

— Qu'est-ce qui t'arrive ? dit-elle, croyant que c'était Melinda. Tu as peur de ne pas trouver de sandales à ta taille ?

— Un peu, oui, répondit Lucky Maledetto avec un grand sourire.

— Qu'est-ce que tu fais là ?

— Je te rappelle que Sister Midnight habille aussi les hommes. J'avais besoin de cravates.

— Je suis contente de te voir, avoua-t-elle.

Il écarquilla les yeux.

— Vraiment ?

— Oui, je tenais à te remercier. J'ai passé un très bon moment avec toi avant… avant que… enfin tu sais. Je suis heureuse que tu sois sain et sauf.

— Pareil pour moi. Tu ne serais pas un peu loin de chez toi ? Tu veux que je te ramène à Williamsburg ?

— Non, j'habite au Plaza avec mon père, à présent.

— C'est vrai ? Dis donc, l'Upper East Side et Williamsburg, c'est pas le même standing !

— M'en parle pas ! pouffa-t-elle en levant les yeux au ciel.

Les portes de l'ascenseur s'ouvrirent. Lucky la retint par le bras alors qu'elle s'apprêtait à sortir.

— Tu connais Central Park ?

— Non. Je plaide coupable.

— Ce n'est pas grave. Moi, je ne suis jamais monté en haut de l'Empire State Building. Écoute, soit on continue à évoquer les endroits où nous n'avons jamais mis les pieds, soit je te montre le parc. Qu'est-ce que tu préfères ?

— Oh, ça me plairait beaucoup de voir le parc !

— Il n'y a qu'une façon de le visiter la nuit, continua-t-il en lui prenant le bras. Suis-moi, il nous faut un homme et un cheval.

Cally se renversa contre le dossier de la calèche pour contempler le ciel tandis que le cheval les promenait lentement dans les allées du parc, ses sabots résonnant sur l'asphalte.

— Quelle bonne idée, Lucky ! Pourquoi ai-je attendu si longtemps avant de venir ici ? Ce parc est fantastique !

— Oui, c'est le seul endroit de New York où on peut oublier la ville.

Cally observa un long moment son profil qui se découpait dans la lueur des réverbères.

— Je peux te poser une question, Lucky ?

— Bien sûr. Je t'écoute.

— Pourquoi Victor Todd et ton père sont-ils ennemis ?

Il secoua la tête.

— Qu'est-ce que ça peut te faire ?

— Parce que Vinnie est ton père et que Victor est.. Victor est le suzerain du mien. Du coup, on ne devrait même pas s'adresser la parole, toi et moi.

— Eh bien, si tu veux le savoir, Todd et mon père n'ont pas toujours été à couteaux tirés. En fait, ils étaient même très amis.

— Amis ? Mais quand ça ?

— Il y a presque un siècle. Comme beaucoup de vampires, Todd a émigré aux États-Unis en 1917, chassé par la révolution russe. À son arrivée à New York, mon père et lui ont immédiatement sympathisé. Todd s'est vite retrouvé à la tête d'une flopée de bars clandestins. C'était un gérant hors pair, qui faisait gagner énormément d'argent à la Strega.

— Pourquoi se sont-ils fâchés ?

— Il y a une cinquantaine d'années, Todd a conçu HemoGlobe. C'est un peu le même principe que les bars clandestins, sauf qu'au lieu de vendre en fraude du sang alcoolisé dans un club il le livre directement à ta porte, comme le laitier. Mon vieux a fait des bonds quand il a compris ce qui se tramait. La vente de sang légale faisait du tort à ses affaires. Et, comme Todd avait trouvé l'idée d'HemoGlobe en travaillant pour lui, il considérait que Victor lui était redevable. Évidemment, Todd ne voyait pas les choses du même œil. De fil en aiguille, la situation s'est envenimée et, sans qu'on sache comment, c'est devenu une question d'honneur. Todd et mon père se sont fâchés à mort.

— Et toi, qu'est-ce que tu penses de Victor Todd ?

Lucky haussa les épaules.

— Je n'ai rien contre lui. Ce n'est pas moi qui reprocherais à un type de dégoter un filon et de l'exploiter. N'empêche que la famille, c'est la famille. On doit se serrer les coudes, qu'on soit d'accord ou pas. Tu sais ce que c'est.

— À qui le dis-tu ! soupira Cally.

Elle se blottit contre lui et il passa un bras rassurant autour de ses épaules.

Chapitre 8

— Je peux m'asseoir ? demanda Carmen en s'arrêtant devant la table où Lilith tenait régulièrement conseil pendant le repas.

Lilith interrompit sa conversation avec Armida Aitken pour se tapoter le menton, l'air de méditer intensément.

— Voyons voir… Tu batifolais avec Jules derrière mon dos depuis combien de temps ? Deux mois ? Trois ? Et tu veux t'asseoir à ma table ? Hmm… réfléchissons… Eh bien, c'est NON ! aboya-t-elle en sortant ses crocs. Va te chercher une autre table, sale garce !

Carmen battit en retraite, accablée. Derrière elle, toutes ses anciennes amies se mirent à parler en même temps. Elle savait qu'elles critiquaient ses vêtements, sa coiffure, son maquillage : c'est ce qu'elle aurait fait à leur place.

Aussi angoissée qu'un soldat au milieu d'un champ de mines, elle examina les autres tables de la cafétéria.

Depuis la maternelle, elle avait toujours appartenu à l'élite des élèves dites « populaires ». Et voilà qu'elle se retrouvait larguée au beau milieu du territoire le plus hostile qui soit : une école de filles super sélect.

Elle avait beau imiter Lilith, jusqu'à lui piquer son petit copain, Carmen ne serait jamais une meneuse. Elle manquait de charisme. En réalité, la seule idée de ne pas appartenir à une bande l'emplissait de terreur. Maintenant qu'elle s'était fait jeter par la clique de Lilith, sur qui allait-elle se rabattre ? Ou, plus précisément, qui voudrait bien d'elle ?

Elle aurait pu intégrer la bande de Cally, seule concurrente sérieuse de celle de Lilith. D'autant plus qu'elle avait été très amie avec Melinda et que celle-ci était devenue le lieutenant de la Sang-Neuf. Sauf que c'était Melinda qui avait mis Lilith au courant de sa liaison avec Jules. Et Carmen était trop fière pour ramper devant la fille qui avait provoqué sa disgrâce. En outre, Cally et les sœurs Maledetto n'avaient pas dû oublier les vacheries qu'elle leur avait faites du temps de sa splendeur.

Il ne lui restait donc qu'une alternative : les Amazones ou les Intellos. Et comme elle n'avait pas franchement un physique d'athlète…

— Euh… je peux m'asseoir ?

Annabelle Usher écarquilla les yeux, estomaquée. Bien qu'elle soit une des élèves les plus brillantes de Bathory, sa coiffure atroce, son maquillage de clown et son uniforme froissé faisaient d'elle un des souffre-douleur préférés de Lilith et de ses amies. Elle dévisagea Carmen quelques instants et se tourna vers les filles assises à sa table, qui, toutes, avaient eu à souffrir des sarcasmes de Carmen, à un moment ou à un autre.

— Qu'est-ce que ça va nous rapporter ? Que nous donneras-tu en échange d'une place à notre table ?

Carmen cligna des yeux sous l'effet de la surprise.

— Tu crois vraiment que je vais payer pour m'asseoir ici ?

Annabelle haussa les épaules.

— Eh, c'est toi qui es demandeuse. Si ça ne te plaît pas, va voir ailleurs.

— J'ai un iPod ! s'écria Carmen en sortant l'appareil de la poche de son blazer. Il a un écran tactile et il peut contenir sept mille morceaux.

— Montre.

Annabelle lui arracha le gadget des mains, l'examina et le glissa dans sa poche.

— D'accord. Ça ira… pour l'instant. Tu peux t'asseoir, ajouta-t-elle, et elle désigna un siège libre au bout de la table.

Carmen poussa un soupir de soulagement. Même si c'était une sacrée dégringolade de passer des Vamps aux

Intellos, au moins n'était-elle pas seule. Sans le bavardage des autres, elle aurait été forcée de penser.

— … et ainsi s'achève ce cours, conclut Mme Mulciber. Vous pouvez partir, sauf vous, mademoiselle Todd. J'aimerais vous parler.

Lilith fronça les sourcils et resta à sa place, très inquiète. Son professeur d'alchimie voulait sans doute discuter du contrôle surprise qu'elles avaient fait plus tôt dans la soirée.

Quand la dernière élève fut sortie, Mme Mulciber lui fit signe d'approcher. C'était une femme grande et mince, aux cheveux d'un roux aussi vif que les flammes qui brûlaient en permanence sous l'énorme alambic en cuivre dans le fond de la classe.

— Compte tenu de votre situation, mademoiselle Todd, j'ai pris la liberté de corriger votre interrogation en premier. Félicitations, vous avez enfin la moyenne !

— Ce n'est pas possible ! Moi, j'ai eu un A ?

— N'exagérons rien, vous avez juste la moyenne. Cependant, vous avez fait de tels progrès, et si rapidement, que je vais prévenir Mme la directrice que je suis enfin satisfaite de vos résultats.

— Alors je ne risque plus d'être renvoyée de l'école ?

— Exactement, répondit Mme Mulciber, tout sourire. C'est le moins que je puisse faire. Votre mère et moi étions à l'école ensemble à Saint-Pétersbourg, au temps du tsar Alexandre II. Dites-moi, votre père a-t-il l'intention de célébrer sa totentanz en Amérique ou dans son pays natal ?

— Rien n'était encore décidé quand je suis partie, mentit Lilith en notant une série de chiffres sur un bout de papier qu'elle tendit à son professeur. Voici le numéro de portable de mon père. Si vous l'appeliez pour lui demander ce qu'il a prévu ? Et pourriez-vous en profiter pour lui dire qu'il n'est plus question de me renvoyer ? Il sera ravi de l'apprendre !

Chapitre 9

Lilith se précipita au Clocher, folle de joie. Elle avait fait un saut chez elle, le temps de troquer son uniforme contre une robe débardeur en soie bleu magenta et des sandales assorties.

— Je suis heureux de vous revoir, mademoiselle Lilith, la salua le videur en s'écartant pour la laisser entrer.

Lilith traversa la piste et frémit de plaisir en entendant la musique déversée par les haut-parleurs qui battaient comme le cœur d'un géant déchaîné.

Alors qu'elle s'engageait dans l'escalier menant à la galerie du chœur transformée en salon VIP, Lilith eut la surprise d'apercevoir Sister Midnight qui descendait.

— Lilith ? C'est toi, ma chérie ! s'exclama celle-ci.

— Que je suis contente de vous rencontrer ! répondit la jeune fille en l'embrassant.

— C'est drôle qu'on se croise comme ça ! Je pensais

justement à toi. J'organise un défilé et je cherche des jeunes filles dans ton genre comme mannequins. Qui ne rêve pas de te ressembler, ma chérie ? Est-ce que ça t'intéresse ?

— Bien sûr !

— Fabuleux ! Je vais dire à ma secrétaire de te contacter. Ce sera l'événement de la saison. Je vais faire en sorte que tous les gens qui comptent soient là. Je te promets que ce sera grandiose, ma chérie, absolument grandiose !

Lilith finit de monter l'escalier en courant, pressée de raconter aux autres qu'elle allait défiler pour Sister Midnight. Cette perspective lui faisait presque tourner la tête. Certes, il lui était interdit de se vanter de sa brève carrière en tant que Lili Graves, mannequin haute couture, mais, cette fois, c'était tout à fait différent.

Son enthousiasme retomba comme un soufflé quand elle aperçut Carmen assise sur le canapé à côté d'Oliver et de Jules.

Carmen pâlit en la voyant. Elle se leva et se dirigea vers le bar. Jules se retourna pour découvrir la cause de cette fuite subite.

— Lilith ! Quelle surprise ! s'écria-t-il en s'interposant entre les deux ex-amies. On te croyait encore punie.

— Mes notes se sont améliorées et je ne suis plus menacée d'expulsion. Enfin, peu importe. Qu'est-ce qu'elle fout là ? ajouta-t-elle en montrant Carmen du doigt.

— Eh bien, ça fait un bout de temps qu'on ne te voit plus, Lilith...

— Quand le chat n'est pas là, la souris rousse en profite pour flirter avec les copains du matou, c'est ça ?

— Oh, tu ne vas pas recommencer, Lilith, la rabroua Jules. Il n'y a plus rien entre Carmen et moi, d'accord ? Si tu ne peux pas assumer ce qui s'est passé entre nous, c'est ton problème, pas le mien. Carmen est là ce soir uniquement parce que Oliver est mon pote, et je ne vais pas le snober parce que tu ne supportes plus sa copine ! Alors, du coup, tu n'as plus besoin de revoir Exo ? enchaîna-t-il, pressé de changer de sujet.

— Quel rapport ?

Le sourire de Jules s'effaça.

— Tu ne risques plus d'être renvoyée, donc tu n'as plus besoin de ses services.

— Si, je prépare un exposé avec lui pour gagner des points supplémentaires. Je ne vois pas en quoi ça te dérange.

— Je n'aime pas le savoir si souvent seul avec toi, voilà tout !

— Pourquoi ? Tu as peur qu'il me fasse avaler un philtre d'amour et qu'il te pique ta promise* ?

Lilith s'esclaffa, mais son rire s'étrangla brusquement dans sa gorge

— Je le crois pas ! Tu as peur qu'il me séduise !

— Je n'ai pas dit ça.

— Inutile de nier. Si tu veux bien m'excuser, je vais me chercher à boire.

Lilith se dirigea vers le bar en fulminant contre Jules. Ce salaud l'avait trompée avec sa meilleure amie (enfin, son amie la plus proche), et il avait le culot de lui reprocher de voir son intello de cousin, alors qu'elle voulait juste éviter de se faire virer de l'école ! Quel hypocrite ! Il ressemblait de plus en plus à son abominable père. Et le comble, c'était qu'il se comportait comme si elle n'avait pas d'autre choix que de le supporter !

— Comme d'habitude, s'il vous plaît, dit-elle au barman, qui lui tendit un verre d'AB négatif avec un trait de bourbon.

Au lieu de le savourer, elle le but cul sec et le reposa bruyamment sur le comptoir.

— Un autre !

Elle réfléchissait à ce qu'elle allait faire quand elle entendit un cri efféminé derrière elle.

— Tu es revenue ! hurla Sebastian en se jetant à son cou.

L'animateur du club portait comme d'habitude des chaussures à talons compensés avec, ce soir-là, une combinaison en Lurex noire moulante.

— Je t'ai manqué à ce point-là ?

— J'avais le cœur brisé, j'étais absolument in-con-so-la-ble !

— Toi aussi, tu m'as manqué, répondit-elle en l'embrassant du bout des lèvres.

— Je croyais que ton papa chéri t'avait privée de sorties. Du moins, c'est ce que ta grande amie Carmen m'a dit.

— Ma grande amie ? cracha Lilith. Ce parasite, cette allumeuse, cette abominable rouquine ?

— Waouh, ma chérie, qu'est-ce qui t'arrive ?

— C'est déjà hyper difficile de devoir la supporter à l'école, alors la voir se pavaner au club, je ne te dis pas la torture ! Tu connais la dernière ? Elle traîne avec les Intellos !

— Par les Fondateurs ! Enfin, te connaissant, ma chérie, je suis sûr que tu vas trouver un moyen rapide de te débarrasser d'elle. Bon, je dois y aller. Bye !

De nouveau seule, Lilith contempla son verre vide. La soirée ne se déroulait pas du tout comme elle l'avait prévu. Elle qui s'attendait à ce que tout le monde se précipite pour la féliciter de ce retour triomphal, c'était raté ! Et Jules qui avait le toupet de prétendre vouloir ménager Oliver, alors qu'il fricotait toujours dans son dos avec Carmen ! À moins que, pour une fois, il ait dit la vérité …

— Je suis content de te voir de retour parmi nous, dit Oliver en s'accoudant au bar à côté d'elle.

Bien que très séduisant, ce blond aux yeux gris était plus petit que Jules et Sergueï, ce qui le rendait aussi beaucoup plus vindicatif.

Lilith se pencha vers lui et posa une main compatissante sur son bras.

— Tu sais que j'admire ton assurance, Oliver. La plupart des garçons seraient déstabilisés, à ta place, mais toi, tu restes de marbre. Bravo !

Oliver la dévisagea sans comprendre.

— De quoi tu parles ?

— De la petite aventure entre Carmen et Jules !

— Quoi ?

— Oh, tu ne le savais pas ? Je suis désolée ! Pourtant, on ne parle que de ça à l'école... Je pensais que tu étais au courant !

Oliver crispa les poings.

— Quelle petite ordure ! gronda-t-il, les yeux soudain noirs comme du charbon.

Elle le regarda foncer tête baissée vers leurs amis. Jules bavardait avec Sergueï tandis que Carmen, assise à côté d'eux, regardait un clip sur un écran. Lilith sourit et se lécha les lèvres. Elle avait hâte de voir la tête de Jules quand Oliver lui flanquerait une raclée. Elle fut donc consternée lorsqu'il passa devant lui sans même lui adresser un regard et se rua sur Carmen.

— Comment oses-tu me ridiculiser devant la terre entière, sale petite garce ? hurla-t-il en la giflant si fort qu'elle en tomba par terre. Tout le monde se fout de moi dans mon dos ! C'est ce que tu voulais ? C'est pour ça que tu te jettes dans les bras de mes amis ? hurla-t-il en désignant Jules d'un doigt accusateur.

Il lança un regard haineux à Carmen, prostrée à ses pieds comme un chien battu. Pourtant, en le trompant, elle n'avait blessé que son amour-propre. Il ne l'avait jamais aimée ; elle n'était qu'une partenaire idéale pour chasser*. Il n'avait jamais eu l'intention de lier sa lignée à la sienne et, en toute franchise, ses bavardages constants sur Lilith, la mode et le maquillage lui portaient sur les nerfs. Carmen sanglotait, terrorisée à l'idée de recevoir d'autres coups. Elle leva les yeux vers Jules dans l'espoir qu'il la défende, mais il détourna le regard comme s'il n'était pas concerné. Et, à sa grande surprise, ce fut Sergueï qui se dressa entre elle et Oliver.

— Ça suffit, Oliver !

— Casse-toi, Savanovic ! Cette affaire ne te regarde pas ! brailla Oliver en essayant de le contourner.

Sergueï découvrit les crocs et le repoussa d'une bourrade.

— J'ai dit : ça suffit !

Oliver battit en retraite et jeta des regards embarrassés autour de lui. Il était le point de mire de la salle. À part quelques caillots, la foule était surtout composée de vampires. Tous savaient que, s'il relevait le défi de Sergueï, cela irait beaucoup plus loin qu'une vulgaire bagarre entre ivrognes.

— Tu veux tellement l'avoir ? ricana Oliver, jouant les braves. Eh bien, prends-la !

Tandis que Sergueï aidait Carmen à se relever, Seb arriva, un videur dans son sillage.

— Je me moque de savoir qui a commencé. Ou vous vous embrassez et vous faites la paix ou vous sortez !

— Te fatigue pas, rétorqua Oliver en le bousculant. Je me barre !

— Ça va ? demanda Sergueï à Carmen.

— Ça ira.

L'hématome sur sa joue commençait déjà à se dissiper comme de la vapeur sur une vitre.

— Viens, allons prendre un petit remontant.

Il passa un bras protecteur autour de ses épaules et l'entraîna vers le bar.

Jules se tourna vers Lilith.

— Tu es satisfaite ? Ça t'a soulagée ?

— Pas tout à fait, grommela Lilith, déçue du tour qu'avaient pris les événements.

Elle n'avait pas pensé qu'Oliver se dégonflerait. Au lieu

de détruire l'amitié qui liait Jules à Oliver, son petit plan avait eu pour résultat de jeter Carmen dans les bras de Sergueï, le meilleur ami de Jules.

Alors qu'elle sirotait son verre (était-ce le quatrième ? le cinquième ?), elle remarqua une haute silhouette en caban bleu marine, le visage dissimulé sous un bonnet de laine, qui se frayait un chemin parmi les fêtards. En le reconnaissant, elle sentit son pouls s'accélérer.

— Oh ! Regardez qui voilà ! s'écria-t-elle en agitant les bras dans sa direction, dressée sur la pointe des pieds. Hou, hou, Exo ! On est là !

Il se précipita vers eux, les yeux rivés sur Lilith comme si elle était la seule fille au monde.

— Salut, Lilith. Salut, Jules.

— Qu'est-ce que tu fous là ? s'exclama Jules, sidéré que son cousin se montre dans un endroit aussi fréquenté.

Certes, il était moins monstrueux que son père, mais il avait des doigts si longs et une peau si pâle qu'il lui était difficile de passer inaperçu, même dans un club ouvert aux vampires comme le Clocher.

— Lilith m'a demandé de venir, expliqua-t-il.

— Ah bon, tu as fait ça ? s'exclama Jules en foudroyant sa petite amie du regard. Mais quelle mouche t'a piquée ?

— J'ai trouvé tout naturel de l'inviter, mon chéri. C'est quand même grâce à ce cher Exo si j'ai enfin la moyenne en alchimie et si je suis là, à m'amuser avec vous ! Tu préfères le O négatif, si j'ai bonne mémoire ? ajouta-t-elle à l'intention d'Exo.

Jules, fou de rage, attendit qu'elle s'éloigne pour se tourner vers son cousin.

— Elle connaît ton groupe sanguin ?

— Qu'est-ce que ça a d'extraordinaire ? se défendit celui-ci.

— Ce qui m'étonne encore plus, c'est qu'elle t'ait invité dans ce club. Qu'est-ce qu'il y a entre vous ? Qu'est-ce que tu manigances ?

— Je l'ai simplement aidée à remonter sa moyenne en alchimie, c'est tout, répondit Xander, visiblement choqué par les insinuations de son cousin. Tu sais, si tu t'intéressais vraiment à elle au lieu de la tromper à tire-larigot, tu t'inquiéterais peut-être moins de constater qu'on est amis, Lilith et moi !

— Ben voyons ! Comme si j'avais besoin qu'un Orlock me donne des conseils en amour, ricana Jules en levant les yeux au ciel. Qu'est-ce que tu connais aux filles ?

— Je t'accorde que nous autres, Orlock, ne sommes pas des adonis. Mais au moins nous savons lire couramment !

— Boucle-la, Exo ! siffla Jules entre ses dents, tandis que ses yeux lançaient des éclairs.

— Tu veux dire que Jules ne sait pas lire ? s'exclama

Lilith, qui, de retour du bar, avait surpris la fin de leur conversation.

Devant sa stupéfaction, Jules sentit la terreur l'envahir.

— Tout juste, ricana Xander. C'est moi qui me tape tous ses devoirs et il a bien du mal à les recopier.

— C'est un mensonge ! protesta Jules. Je sais lire.

— Oui, en anglais. Mais, en chthonique, il est carrément illettré. C'est à peine s'il arrive à écrire son nom.

— Je t'ai dit de la fermer ! hurla Jules en empoignant son cousin et en montrant les crocs.

Xander fut si rapide que Lilith ne le vit même pas bouger. En une fraction de seconde, il referma ses longs doigts sur la gorge de Jules et le souleva de plusieurs centimètres au-dessus du sol.

— Tu me dominais peut-être à la maternelle, gronda-t-il, les yeux étincelants tandis que son adversaire se débattait en vain pour se libérer. Mais nous ne sommes plus des enfants, Jules ! Je suis fatigué d'être le souffre-douleur des Laval. Je ne supporte pas le mépris de ton père, et encore moins le tien !

— Dieu de l'enfer ! Qu'est-ce que vous avez ce soir, les enfants ? gémit Sebastian, qui arrivait de nouveau au pas de course. Vous ne pouvez pas passer un quart d'heure sans vous entretuer ?

Xander lâcha Jules. Le voyant suffoquer, il l'aida même

à se relever. La flamme qui brûlait dans ses yeux avait disparu.

— Je suis désolé ! Je ne sais pas ce qui m'a pris. Je te jure que je ne voulais pas te faire de mal.

Jules repoussa brutalement sa main.

— Ne me touche pas !

Soudain conscient que tout le monde le regardait, Xander s'enfuit du salon VIP, le visage décomposé.

— Je n'arrive pas à croire qu'il m'ait fait ça ! grommela Jules, toujours sous le choc.

— C'est toi qui l'as attaqué le premier, lui rappela Sergueï.

Lilith secoua la tête d'un air incrédule.

— Cette fois, Jules, tu dépasses les bornes. J'ai supporté que tu me trompes avec mes amies, que tu flirtes avec Cally Mount et que tu m'humilies publiquement. Mais ce que je ne tolère pas, et mon père non plus, ce sont les sang-faible* !

— Attends, Lilith, ne t'en va pas ! la supplia-t-il en l'agrippant par la main. Xander raconte n'importe quoi !

Elle se dégagea d'un coup sec.

— Lâche-moi ! Tout est fini entre nous !

Jules la regarda quitter le club à grands pas. Au cours de leurs longues fiançailles, elle l'avait menacé de rompre à plusieurs reprises, mais c'était la première fois qu'il craignait vraiment qu'elle le fasse. Le traiter de sang-faible, c'était comme lui jeter une malédiction. Alors qu'il réfléchissait à ce qu'il devait faire, quelqu'un lui tapota l'épaule.

— Ça va? lui demanda Carmen, qui le dévisageait d'un air anxieux.

Il passa devant elle, les lèvres serrées, et elle le suivit des yeux, espérant qu'il se retournerait pour lui faire signe de le suivre. Et quand il disparut sans un regard en arrière, elle sentit la petite flamme de son amour pour lui vaciller et s'éteindre.

— Je te raccompagne?

Sergueï n'avait pas la beauté de Jules, cependant il ne manquait pas de charme. D'accord, c'était un chien, mais il n'essayait pas de le cacher. En outre, il semblait apprécier sa compagnie. Et n'était-elle pas prête à tout plutôt que de se retrouver seule?

— Pourquoi pas? répondit-elle avec un haussement d'épaules.

Lilith regagnait sa chambre au second niveau de leur duplex quand son père surgit devant elle.

— Au nom des Fondateurs, je peux savoir ce que tu as dans la tête? gronda-t-il. Je te permets d'aller t'amuser avec tes amis, et voilà que le comte de Laval m'apprend que tu as humilié son fils en public ! Lilith, as-tu bel et bien rompu tes fiançailles en plein night-club ?

— Oui, et alors ? répondit-elle en haussant les épaules.

Elle avait tellement bu qu'elle dut s'accrocher à la rampe pour ne pas tomber.

— Par les Puissances des Ténèbres ! Aurais-tu perdu l'esprit ? Tu sais très bien que Jules est de sang aristocratique, et que seule sa famille a le pouvoir d'annuler votre contrat de mariage. Et puis, ce n'est pas devant une bande d'ivrognes qu'on fait ce genre de choses.

— Je ne vois pas pourquoi je ménagerais le précieux petit ego de Jules, alors qu'il ne s'est pas gêné pour me ridiculiser devant tous mes amis. Il est très fort pour humilier les autres, mais il ne supporte pas qu'on l'humilie, pauvre bébé !

— C'est toi qui agis en enfant gâtée ! Tu n'as pas l'air de te soucier du mal que nous nous sommes donné, ta pauvre mère et moi, pour arranger cette union avec les Laval ! Crois-tu pouvoir retrouver facilement un aussi beau parti ? Nous avons de la chance que les Laval veuillent encore de ce mariage alors que ta dot vient d'être amputée de la saigneurie de ta mère. Et toi, tu détruis l'œuvre de notre vie à cause d'une bêtise ? Parce que Jules a eu une malheureuse petite aventure avec ta meilleure amie ?

— Mais arrêtez tous de dire que Carmen est ma meilleure amie ! protesta-t-elle d'une voix pâteuse. C'est pas vrai !

— Je ne comprends rien aux jeunes de notre époque ! À croire que les caillots vous ramollissent le cerveau avec leurs inepties. Leur culture a toujours représenté une menace pour notre peuple, mais elle est devenue si pernicieuse qu'on ne sait plus comment protéger nos enfants ! À tel point que je suis parfois sacrément tenté de rallier la cause de Sarcasse et de ces abrutis de Puristes ! Franchement, Lilith, attendre de Jules qu'il se conduise comme un humain est grotesque ! C'est dans son ADN de fréquenter autant de femelles qu'il le peut, qu'elles soient vampires ou pas. Après tout, notre race entière descend de treize mâles. La monogamie n'est pas dans notre nature. Tu dois l'accepter. Et te réconforter en songeant que sa saigneurie sera à toi, pas à une autre. C'est tout ce que tu peux attendre de ton partenaire.

— Cela dépasse les bornes ! Tu te plains de la mauvaise influence des caillots sur nous, alors que tu as eu une enfant avec ta maîtresse humaine ! Eh bien, j'ai une mauvaise nouvelle pour toi, mon petit papa : ce n'est pas parce que ma pauvre mère a supporté que tu la trompes à tout bout de champ que je suis prête à en faire autant. Pas plus que je ne supporterai de passer des décennies à faire des fausses couches pour finalement pondre un enfant qui ne m'aimera pas. Les temps changent, mon papa chéri. Tu devrais le savoir, toi qui as participé à la révolution de la société. Et pour ton information, je n'ai pas jeté Jules parce qu'il me trompait, mais parce que c'est un sang-faible.

— N'importe quoi ! C'est un des meilleurs athlètes que Ruthven ait jamais eu !

— N'empêche qu'il est incapable de lire le chthonique. Il est pratiquement illettré, m'a dit Xander. C'est lui qui fait les devoirs de Jules depuis des années. Elle est bien bonne, hein ? Alors que le comte de Laval nous pourrit la vie pour qu'on préserve les traditions et la culture des Sang-de-Race, son seul et unique héritier est incapable de lire et d'écrire sa propre langue !

— Quoi qu'il en soit, cela ne justifie pas ton attitude ce soir, Lilith. Tu vas appeler le comte pour lui présenter tes excuses.

— Il n'en est pas question ! Tu peux dire au comte de Laval que je ne reprendrai son fils qu'à une condition : qu'il vienne me demander pardon à genoux pour tout le mal qu'il m'a fait. Et, si tu essaies de me forcer, je jure de dire au comte que Cally est ma sœur. Cette petite information devrait suffire pour qu'il déchire lui-même le contrat, tu ne crois pas ?

— Tu n'oserais pas !

— Je vais me gêner ! répondit-elle en le regardant droit dans les yeux. Je me fiche des autres, il n'y a que moi qui m'intéresse. J'ai de qui tenir. Maintenant, si tu veux bien m'excuser, j'ai sommeil. Surtout que j'ai classe demain soir !

Chapitre 10

Pour la première fois de sa vie, Cally pouvait choisir tous les tissus qu'elle voulait sans se préoccuper de leur prix. Le baron avait même proposé de lui acheter une machine à coudre haut de gamme. Elle avait dû insister pour conserver la bonne vieille Brother que sa grand-mère lui avait offerte pour ses douze ans. Le baron l'avait également autorisée à transformer en atelier la troisième chambre de son appartement, habituellement réservée à son fils.

Entre l'école et la confection des tenues destinées au défilé, Cally n'avait pas vu la semaine passer. Elle aurait du mal à tenir son programme. Mais cette tension ne la gênait pas, au contraire, elle l'empêchait de penser à sa mère et à Peter.

Alors qu'elle exécutait une coupe délicate dans un

morceau de shantung jade, elle fut interrompue par l'arrivée du majordome.

— Mademoiselle Cally ?

— Oui, Edgar ?

— Un certain Jules de Laval souhaiterait vous voir.

— Jules ? Qu'est-ce que tu fais là ? s'exclama-t-elle en entrant dans le salon, surprise de le trouver installé comme chez lui sur le canapé.

— J'ai appris que tu vivais au Plaza avec ton père et j'ai eu envie de passer te dire bonjour. Je ne t'ai pas revue depuis le grand bal. Qu'est-ce que tu deviens ?

— Je suis... très prise, répondit-elle, sur ses gardes, en s'asseyant à côté de lui. Et, en toute franchise, je suis étonnée de te voir ici. Ton père n'aime pas que les Sang-Pur fréquentent les hybrides. Il voulait même que le Synode me déclare dangereuse pour le Sang !

Jules haussa les épaules.

— Mon père est comme il est, je n'y peux rien.

— Je ne t'en tiens pas pour responsable, pas plus que je n'en veux à Melinda d'avoir un père pareil. Mais que penses-tu de moi, maintenant que tu sais que je suis à moitié humaine ?

Il se pencha vers elle et lui sortit le grand jeu.

— Dès que je t'ai vue, j'ai deviné que tu étais différente des autres filles. C'est peut-être parce que tu as du sang humain dans les veines. À présent que je connais la vérité, je te trouve encore plus attirante qu'avant...

— C'est très gentil de me dire ça, le coupa-t-elle, mal à l'aise, et elle repoussa la main qu'il venait de poser sur son genou. C'est la raison de ta visite ?

Il lui adressa son fameux sourire à faire craquer les midinettes.

— Pour être honnête, je n'ai pas cessé de penser à toi depuis le grand bal. Je n'arrive pas à oublier l'instant où nous avons dansé ensemble, ni la façon dont tes yeux brillaient quand tu me regardais, ajouta-t-il en se serrant contre elle, ses iris luisant dans la pénombre comme ceux d'un chat. Et je n'ai pas arrêté de penser à notre baiser au night-club, l'autre soir. C'était si bon, si...

Cally sentait la chaleur qui irradiait du corps de Jules, mêlée au parfum musqué de son eau de Cologne. Il se rapprochait de plus en plus et parlait bas, de sorte qu'elle devait se pencher pour l'entendre. Elle était sur le point de succomber à son charme, lorsqu'il remonta la main vers sa cuisse. Cally se leva d'un bond.

— Je crois qu'il vaut mieux que tu t'en ailles, Jules ! s'exclama-t-elle d'un ton sec.

— Inutile de jouer les pucelles effarouchées ! s'esclaffa-t-il en se levant à son tour. C'est Lilith qui t'inquiète ? Pas de problème. Nous avons rompu.

— Je suis au courant, on ne parle que de ça dans toute l'école.

— Ah oui ? s'inquiéta-t-il, abandonnant subitement ses airs de séducteur. Et qu'est-ce qu'on raconte ?

— Que tu t'es battu dans un club avec Xander Orlock, entre autres. Écoute, Jules, je t'aime bien. Tu le sais. Mais ça ne m'intéresse pas de prendre la place de Carmen, tu comprends ? La vérité, c'est que tu as envie de sortir avec moi uniquement pour faire enrager Lilith.

— Pas du tout ! Et, même si c'était le cas, tu n'as rien à craindre d'elle. Tu n'as rien à craindre de personne ! Tu possèdes la Main Noire !

— Tu ne comprends donc vraiment rien ? soupira-t-elle, de plus en plus déçue. Je n'en veux pas, de ce pouvoir, et je n'en suis pas fière ! Je ne veux plus jamais m'en servir, et certainement pas contre Lilith !

Devant l'incompréhension qu'elle lut dans ses yeux, elle décida de lui mettre les points sur les *i* une bonne fois pour toutes.

— En dehors de tout ça, je n'ai aucune envie de sortir avec toi. Je me remets à peine d'une relation intense qui s'est très, très mal terminée. Je n'aurais jamais dû tomber amoureuse de ce garçon, et je ne commettrai plus une telle erreur. Je suis désolée, Jules. Sincèrement. J'accepte d'être ton amie, rien de plus.

— Autrement dit, je suis coincé sur la case « amitié », essaya-t-il de plaisanter.

— J'en ai bien peur. Cela signifie que tu ne repasses pas par la case « départ », que tu ne touches pas un rond et que, quoi qu'il arrive, je ne te laisserai jamais me peloter.

— Cally… je suis désolé, j'ai peut-être été un peu direct.

— En effet, répondit-elle en lui montrant la porte. Va-t'en, s'il te plaît.

Le bar clandestin se trouvait dans le sous-sol d'un élégant hôtel de la 62e Rue. Avec ses lumières tamisées, ses boiseries sombres et ses rideaux en velours marron, il ressemblait à n'importe quel bar à cocktails, sauf qu'il n'y avait aucun miroir derrière le comptoir, ni aucune bouteille d'alcool en vue.

— Qu'est-ce que ce sera ? demanda le barman, levant à peine les yeux du verre qu'il essuyait.

— Du B négatif au scotch.

— Vous êtes sûr d'avoir l'âge requis, jeune homme ?

— Mon pote Andrew peut se porter garant pour moi, rétorqua Jules en poussant vers le serveur un billet de vingt dollars à l'effigie d'Andrew Jackson.

— Si Andrew dit que c'est bon, je vais pas le contrarier, s'esclaffa l'employé, et il empocha le billet.

Il remplit le verre qu'il venait d'essuyer et le tendit à Jules.

Jules se glissa dans un box. Il cherchait l'erreur. Il avait susurré à Cally tout ce que les filles aiment entendre, sur le ton qu'il fallait. Il avait même dit qu'elle était spéciale, et il le pensait sincèrement. Pourtant, au lieu de roucouler avec elle, il se retrouvait seul dans un bar à vampires. La seule fois où il s'était cassé les dents auparavant, c'était avec Melinda Sarcasse. Que lui arrivait-il ?

Il était sûr que l'histoire de l'ex-petit ami n'était qu'un prétexte. Si Cally avait été si amoureuse, elle ne se serait pas laissé embrasser avec tant de plaisir au Viral. Peut-être était-ce la faute des bruits que Lilith faisait courir sur son compte. Elle devait raconter à tout le monde qu'il était un sang-faible. Il fallait s'attendre à tout de la part de cette sale petite garce.

— Mon Dieu, mon Dieu ! Mais qui voilà ? Le Petit Prince en personne !

Jules soupira en reconnaissant Lucky Maledetto. Il portait un costume Armani sur mesure et, bien sûr, la chemise en soie noire et la cravate rouge de la Strega. Et il était accompagné d'un mort-vivant gigantesque aux poings gros comme des enclumes et au cou de taureau.

— Oh, salut, Lucky !

Jules se maudit intérieurement : il savait bien que tous

les bars réservés aux vampires de la zone du Triborough appartenaient à Vinnie Maledetto.

Lucky se glissa sur la banquette à côté de lui.

— Ça ne t'ennuie pas si je m'assois ?

— Euh… non.

— Et ça ne te dérange pas que mon garde du corps se joigne à nous ? poursuivit Lucky tandis que la montagne de muscles s'asseyait en face d'eux.

— Pas du tout, assura Jules, qui fit mine de savourer son cocktail d'un air décontracté.

— Alors, Jules, qu'est-ce qui t'amène dans mon bel établissement ?

— Je passais dans le coin et j'avais envie de prendre un verre, c'est tout.

— Quelle coïncidence ! Tu n'aurais pas rendu visite à notre amie commune, Mlle Mount, par hasard ?

— Et alors, en quoi ça te concerne ?

— Inutile de monter sur tes grands chevaux, ton Altesse royale ! C'était juste histoire de causer. Les gens sont libres d'aller et venir à leur guise. Ils sont même libres de disparaître, s'ils s'entêtent à aller là où ils ne sont pas les bienvenus. C'est ce qu'il y a de génial dans notre pays, si tu vois ce que je veux dire…

— Oui, je vois très bien, Lucky.

— Parfait. Maintenant, décampe. De toute façon, tu es trop jeune pour fréquenter ce genre d'endroit.

— Je m'en vais, capitula Jules avant de finir son verre cul sec.

Lucky lui tapa dans le dos.

— Ne t'inquiète pas pour l'addition, c'est la maison qui régale.

Jules avait perdu tout intérêt pour Carmen bien avant que Lilith ne découvre leur liaison. Mais, comme il ne voulait pas rester seul et qu'il savait les parents de la rouquine absents, il se rendit à son appartement de Park Avenue. Le portier le reconnut et le laissa entrer.

Jules appuya sur la sonnette de l'appartement. Carmen était chez elle, il entendait de la musique à l'intérieur. Personne ne répondit ; il sonna de nouveau. Le volume de la musique baissa d'un coup et il perçut un bruit de pieds nus sur le plancher.

— Qui est-ce ? demanda la voix de Carmen.

— C'est moi. Ouvre !

Il y eut une longue attente avant que la porte ne s'entrebâille sur Sergueï Savanovic, debout sur le seuil, seulement vêtu d'un pantalon en cuir. Jules aperçut derrière lui Carmen qui disparaissait dans la cuisine, nue comme un ver.

— Désolé, mon pote, dit Sergueï avec un haussement d'épaules. Carmen est occupée.

Jules ne comprenait pas pourquoi, du jour au lendemain, toutes les filles qui lui couraient après le traitaient en pestiféré. C'était la première fois que Lilith refusait de lui pardonner ses écarts de conduite. Ensuite Cally l'avait envoyé balader et Lucky Maledetto lui avait fait clairement entendre qu'il valait mieux qu'il cesse de l'importuner. Comble du comble, Carmen lui avait trouvé un remplaçant, son meilleur ami qui plus est. Par-dessus le marché, grâce à Lilith, il pouvait aussi dire adieu à Oliver et à Xander. Les autres filles Sang-de-Race qu'il aurait pu fréquenter allaient toutes à Bathory et il y avait de grandes chances qu'elles aient eu vent des bruits répandus par Lilith. Et si elles se mettaient à lui rire au nez, qu'est-ce qu'il ferait ?

Il repéra deux filles assises à la terrasse d'un café. Elles gloussaient en le reluquant. En fait, le monde était rempli de nanas qui le trouvaient désirable et étaient prêtes à n'importe quoi pour sortir avec lui. Qu'est-ce qui l'obligeait à ne fréquenter que des Sang-de-Race ou même des vampires ? Lilith finirait bien par se calmer et revenir, comme toujours. Et, si elle croyait qu'il allait la supplier de lui pardonner, elle se trompait lourdement. Il suffit à Jules de sourire aux deux filles pour qu'elles l'invitent à leur table.

Chapitre 11

— Je suis désolée d'être en retard, Sister, s'excusa Cally. Les finitions m'ont pris plus de temps que prévu, mais ça y est, tout est terminé.

Le serviteur mort-vivant qui l'accompagnait sortit le portant chargé de vêtements de l'ascenseur.

— C'est parfait ! la rassura Sister Midnight en caressant une robe en daim bleu. Mes couturières feront les retouches nécessaires dès que tu auras sélectionné les mannequins et la tenue que tu souhaites les voir porter, ajouta-t-elle avec un geste vers les ouvrières assises devant les machines à coudre et les tables de coupe. Ensuite, tu diras aux coiffeuses et aux maquilleuses ce que tu désires. Tu n'as pas droit à l'erreur. Tu n'auras pas de seconde chance. Une tenue, si magnifique soit-elle, ne rend rien si elle n'est pas bien portée.

— J'en suis persuadée.

— Alors suis-moi, continua Sister Midnight en l'entraînant dans un couloir. J'ai dégagé une partie du loft pour le casting. Tu vas voir les modèles que j'emploie habituellement... J'ai également convoqué des mannequins amateurs, si l'on peut dire. Il s'agit de jeunes filles de la haute société très représentatives de la clientèle que nous visons. J'aimerais que tu en sélectionnes le plus grand nombre possible, si cela ne t'ennuie pas.

— Comme vous voudrez. Je m'en remets à votre jugement. Justement, j'ai promis à l'amie qui m'accompagnait l'autre jour qu'elle pourrait participer au défilé...

— Celle qui a ce si joli teint ? Elle sera parfaite ! Dis-lui de passer la veille de la présentation pour que les couturières ajustent le modèle qu'elle portera.

Sister Midnight fit entrer Cally dans une grande pièce, meublée d'une table et de deux chaises pliantes. La jeune fille s'assit. Sister Midnight se tourna vers son assistante.

— Nous sommes prêtes.

Cally avait bien du mal à ne pas trépigner de joie comme une gamine de six ans.

— Combien de mannequins nous faut-il ? demanda-t-elle tandis que l'assistante ouvrait une porte à l'autre bout de la pièce.

— Dix, en plus de ton amie, sachant que la fille que tu choisiras comme mannequin vedette présentera la première robe ainsi que la dernière, de préférence une tenue décontractée et l'autre très habillée.

Le premier mannequin qui s'avança était une grande et mince jeune femme aux longs cheveux bruns qui se déplaçait avec l'aisance d'une habituée des podiums : le regard fixé devant elle, les épaules rejetées en arrière, la tête haute, le bassin légèrement en avant. Elle posait les pieds l'un devant l'autre comme si elle marchait sur une poutre, faisant porter son poids sur ses orteils. Quand elle tourna devant la table, Cally sourit en hochant la tête.

— Elle est excellente. On la prend.

— Pas si vite ! s'écria Sister Midnight. Tu en as encore beaucoup à voir. Suivante !

Sister avait raison. Comme les vampires adultes ne se réfléchissaient plus dans les miroirs, le magasin ne comportait aucune glace. Pour que les clientes aient une idée de la façon dont une tenue leur allait, des mannequins de taille, de poids, d'âge, de couleur de cheveux et de peau différents leur proposaient leurs services. Et toutes ces jeunes femmes possédaient autant d'assurance et de compétence que la première.

Au bout de trois heures, Cally commençait à loucher de fatigue. Alors qu'une petite brunette repartait, elle se pencha vers Sister Midnight.

— C'était la dernière ?

En guise de réponse, Lilith Todd s'avança dans la pièce, royale.

— Toi ! s'exclama-t-elle en apercevant Cally.

— Eh oui ! Tu me vois aussi ravie que toi de cette rencontre !

Le sourire de Sister Midnight s'évanouit.

— Je constate que vous vous connaissez déjà...

— On peut dire ça ! lâcha Cally d'un ton sec.

— Laissez tomber ! Je préférerais défiler avec des gants de boxe et un bandana plutôt qu'avec l'une de ses robes ! vociféra Lilith en repartant à grands pas vers la porte.

— Tu me donnes des idées, ironisa Cally.

— Ma chérie ! Tu ne peux pas t'en aller comme ça ! s'affola Sister Midnight. Ce défilé ne peut pas avoir lieu sans toi.

— Tant pis. Si j'avais su qu'il s'agissait de sa collection, j'aurais refusé tout de suite.

— Bon, je n'insiste pas, soupira Sister Midnight d'un ton dramatique. Quel dommage ! Je viens juste de recevoir la réponse de Lady Elysia...

— La femme du Lord-Chancelier viendra ? s'écria Lilith.

Lady Elysia était l'aristocrate la plus glamour de la haute société Sang-de-Race.

— Quelle importance puisque tu ne veux plus participer au défilé ? répondit Sister Midnight avec un petit haussement d'épaules.

— Je n'ai pas tout à fait dit ça ... corrigea précipitamment Lilith.

— Alors tu restes ?

— Je veux voir les vêtements avant de me décider, rétorqua la jeune fille en jetant un regard lourd de sous-entendus vers Cally. Je ne vais pas porter n'importe quoi.

— Parfait ! opina Sister Midnight.

Elle fit signe à Cally et à Lilith de la suivre jusqu'à la salle des retouches, où les tenues étaient déjà exposées sur des mannequins de couturière.

Lilith les examina les unes après les autres sans cesser de jeter des coups d'œil assassins à Cally qui attendait près de la porte, les bras croisés.

— D'accord, j'accepte, mais à condition de porter cette robe, déclara-t-elle enfin en montrant une adorable petite chose diaphane en mousseline blanche avec un décolleté en cœur.

— Ce n'est pas à moi de décider, répondit Sister Midnight. C'est la styliste qui attribue les modèles aux mannequins. Cally, qu'en penses-tu ?

Cette dernière, exaspérée, leva les yeux au ciel. Elle aurait parié que Lilith choisirait la plus belle pièce de sa collection !

— J'ai promis à ma meilleure amie...

— Je sais que c'est une situation délicate pour toi, ma chérie, la coupa précipitamment Sister Midnight à voix basse. Si j'avais su qu'il y avait… euh… des tensions entre vous, je me serais arrangée différemment. Cependant, en toute franchise, nous avons besoin de Lilith. Elle a beaucoup d'influence sur le marché que je convoite. En plus, elle sera fabuleuse dans cette robe ! Enfin, la décision t'appartient…

Cally résista à son envie d'envoyer paître Lilith. Cela risquait de la conduire au désastre. Malgré son caractère, Lilith était la fille la plus populaire de l'Académie Bathory et une des personnalités les plus en vue de la jet-set vampire. Si elle l'évinçait, cette garce ferait tout pour détourner la clientèle convoitée par Sister Midnight. Et le meilleur moyen de l'empêcher de saboter son défilé, c'était de lui permettre d'en faire partie. Toute peau de vache qu'elle était, jamais Lilith ne laisserait passer l'occasion d'être sous les projecteurs.

Par ailleurs, elle devait reconnaître que Sister Midnight avait raison : Lilith ferait un carton dans cette robe. Et finalement, ne s'agissait-il pas de trouver le mannequin idéal pour chaque tenue, sans se soucier de sa personnalité ?

— Eh bien, je pourrais donner à Melinda la robe orange, concéda-t-elle.

Sister Midnight battit des mains.

— Parfait. Alors c'est réglé ! Lilith, Cally a décidé que tu serais son mannequin vedette ! Ce qui veut dire que tu ouvriras et termineras le défilé !

— Lady Elysia ! J'ai hâte d'annoncer la nouvelle aux filles de mon école ! s'écria Lilith, qui sortait déjà son iPhone.

— N'hésite pas à inviter toutes tes amies et les amies de tes amies ! Ce sera l'événement de la saison des Ténèbres !

Sister Midnight poussa un soupir de soulagement lorsque les portes de l'ascenseur se refermèrent sur Lilith.

— Ouf ! Nous l'avons échappé belle !

— Lady Elysia va réellement assister à mon défilé ? demanda Cally, aux anges.

— Bien sûr que non, ma chérie.

— Mais vous venez de dire à Lilith qu'elle vous avait répondu !

— En effet… pour me dire qu'elle avait un empêchement. Et je n'ai jamais prétendu qu'elle viendrait.

— En tout cas, vous savez prendre Lilith par les sentiments ! gloussa Cally.

— Heureusement ! La vanité, c'est ma spécialité !

— Tu m'as bien entendue, Armida. Lady Elysia assistera à mon défilé haute couture ! hurlait Lilith dans son portable tandis que l'ascenseur montait vers son appartement. Non, ce n'est pas moi, la styliste ! On s'en fiche, d'ailleurs ! Je suis le mannequin vedette ! La véritable star du défilé ! Oui, c'est stupéfiant ! Il faut absolument que tu viennes m'applaudir avec Lula et les autres ! Je vous obtiendrai des places près du podium. Ce sera trop cool !

À peine sa conversation avec Armida terminée, Lilith composa un autre numéro alors que les portes de la cabine s'ouvraient à son étage.

— C'est quoi, cette pagaille ? hurla-t-elle en manquant de trébucher sur des bagages Vuitton empilés dans le hall. Qui a fichu ça là ?

— Moi, répondit Victor Todd. Je pars pour la Russie.

Lilith fronça les sourcils.

— La Russie ? Qu'est-ce que tu vas faire là-bas ?

— Je dois me rendre à Saint-Pétersbourg pour Hemo-Globe, répondit-il d'un ton glacial. Je t'en ai parlé l'autre jour.

— Tu n'as pas l'intention de m'emmener ? J ai accepté de participer à un défilé de mode le week-end prochain…

— Comment ça, un défilé de mode ? Après tes frasques avec le photographe !

— Ça n'a rien à voir, je te jure. C'est Sister Midnight qui m'a demandé d'être son mannequin vedette. Tout le monde sera là !

— Décidément, ton égoïsme m'étonnera toujours. Crois-tu que cela va plaire aux Laval ?

— Je ne suis pas égoïste ! Au contraire, je le fais par

esprit de famille. Quand Sister Midnight m'en a parlé, j'ai refusé d'emblée. Mais, quand j'ai appris que c'était Cally la styliste, je me suis sentie tenue de participer…

— Cally va organiser un défilé chez Sister Midnight ?

— Tu ne le savais pas ? s'écria-t-elle, sincèrement étonnée.

— Non. J'ai été très occupé, ces derniers temps. Et Metzger n'a pas pris la peine de m'en informer. Puis-je savoir, continua-t-il en l'étudiant un long moment, méfiant, à quoi est dû ton brusque revirement ?

— J'ai compris que notre famille se limitait désormais à toi, moi et Cally. Tu vois, je commence à me faire à l'idée qu'elle est ma sœur. Et, ajouta-t-elle devant son air peu convaincu, comme elle peut tuer les gens rien qu'en les touchant, je préfère être son amie. On ne s'est pas bien entendues jusqu'à présent, mais ça va changer. Même si Cally ignore que le baron Metzger n'est pas son véritable père, ça ne m'empêche pas de me conduire en sœur avec elle…

— Princesse, tu n'imagines pas le plaisir que tu me fais. Très bien. Je t'autorise à rester à New York.

Tandis que son père la serrait tendrement contre lui, Lilith eut un sourire de triomphe. Malgré tout ce qui s'était passé ces derniers temps, elle parvenait encore à l'embobiner.

Chapitre 12

Le soleil déclinait derrière les gratte-ciel quand les morts-vivants au service de Sister Midnight sortirent de leur hibernation quotidienne pour préparer le défilé du soir. Ils emportèrent les étagères et les portants chargés de vêtements afin de dégager la place nécessaire pour le podium et la scène. Ils installèrent des sièges capitonnés pour les spectateurs placés le long de l'estrade, les autres devraient se contenter de chaises pliantes. Ils suspendirent des draperies dans le fond de la scène pour dissimuler les modèles avant leur apparition sur le podium. Ils branchèrent et testèrent la sono afin de s'assurer que la voix de la présentatrice (qui n'était autre que Sister Midnight) ne serait pas couverte par la musique.

— Tiens, ma chérie ! s'exclama la styliste en donnant à Cally un casque sans fil semblable à celui qu'elle portait.

Mets ça tout de suite, pour que les habilleuses puissent te joindre en cas de problème en coulisses.

— Quel genre de problème ?

— Une fermeture Éclair cassée, un mannequin en retard… la routine, quoi ! Les défilés sont toujours réglés comme du papier à musique. Le public se laisse autant impressionner par l'air impassible des mannequins, leurs coiffures élaborées et leur maquillage sans défaut que par le goût avec lequel ils sont habillés. Tout est savamment calculé pour que le résultat semble naturel, comme s'il suffisait d'enfiler ces vêtements pour être mis en beauté.

Accablée par cette nouvelle responsabilité, Cally franchit les rideaux et se retrouva dans une véritable ruche encombrée de portants et de tables de maquillage. Autour de chaque mannequin virevoltaient une nuée d'habilleuses, ajustant ceintures, boutons, fermetures Éclair et brides de chaussures tel un essaim d'abeilles laborieuses au service de leur reine.

Cally regarda l'une d'elles rayer à coups de ciseaux les semelles d'une paire de talons aiguilles Prada pour éviter que le mannequin ne glisse sur le podium. Ses yeux furent ensuite attirés par Melinda, qui venait d'enfiler sa robe sans bretelles en soie orange fané. Elle attendit que l'habilleuse finisse d'arranger les rubans de velours moutarde du bustier selon les instructions qu'elle lui avait données et s'approcha de son amie.

— Tu es fabuleuse !

— J'ai un trac fou ! déclara Melinda alors que l'employée la chaussait de sandales constellées de perles. Imagine que je tombe…

Cally éclata de rire et lui tapota l'épaule.

— Tu plaisantes, Melinda ! Tu es faite pour le podium ! Je sens déjà que tu vas tous les séduire avec ta grâce féline !

Sister Midnight s'avança au milieu de ce tohu-bohu en criant des ordres dans son micro.

— En place, mesdemoiselles ! En place ! Les portes ouvrent dans quelques minutes et je veux vous voir alignées dans un ordre parfait ! Cally, peux-tu les passer en revue pour vérifier que tout va bien ?

Cally inspecta les jeunes filles, toutes d'une beauté incroyable, pomponnées à la perfection et vêtues de ses créations originales. Elle s'arrêtait ici et là pour relever un col, défroisser un pli…

Arrivée au bout de la rangée, elle s'immobilisa devant Lilith, parée d'un fourreau de soie noir peint à la main de fleurs abstraites.

— Je voulais te remercier d'avoir accepté de participer à ce défilé. Cela représente beaucoup pour Sister Midnight, et pour moi aussi.

— Oui, eh bien, tu as quand même sauvé la vie de mon père !

Cet échange aimable fut interrompu par Sister Midnight, qui regardait la salle par la fente des rideaux.

— Cally, viens voir ce monde !

Cally en eut le souffle coupé. La salle était déjà comble alors qu'on venait à peine d'ouvrir les portes de la boutique. Aux premières loges, le baron Metzger bavardait avec un homme élégant qu'elle n'avait jamais vu. Elle repéra également Bella et Bette qui encadraient une femme brune, leur mère sans aucun doute. Elle chercha des yeux Lucky, espérant qu'il était venu, lui aussi, mais en vain. Elle reconnut au passage bon nombre de ses camarades de l'Académie Bathory, sans que cela la réjouisse vraiment, notamment Armida Aitken et Lula Lumley, les nouvelles amies de Lilith, assises près du podium.

— Il doit y avoir une centaine de personnes au bas mot, chuchota Sister Midnight. Un record pour ma maison ! Avoir autant de monde pour les débuts d'une jeune créatrice, c'est du jamais-vu ! Certains de mes clients sont même venus de Paris !

— Où est Lady Elysia ? demanda Lilith, qui avait quitté sa place dans la file pour jeter un coup d'œil.

— Oh, je suis désolée, Lilith ! s'excusa Sister Midnight d'un air faussement contrit. Lady Elysia s'est décommandée. Elle a eu un empêchement de dernière minute.

— Vous m'aviez promis qu'elle viendrait ! rugit Lilith.

— Je n'ai jamais rien promis de tel, la rembarra sèchement Sister Midnight. Si tu ne veux plus défiler, tu es libre de t'en aller. Sinon, tu rejoins les autres et tu attends qu'on t'appelle.

Lilith lança un dernier regard vers les invités et regagna sa place en ravalant sa rancœur. Même si elle rêvait de rencontrer Lady Elysia, elle avait une autre raison de vouloir défiler. Elle avait éprouvé un tel enivrement en jouant les mannequins avec Kristoff qu'elle brûlait de recommencer. Elle était en manque !

— Prêtes, mesdemoiselles ? demanda Sister Midnight avec un grand sourire. Que le spectacle commence !

Le volume de la techno diffusée par les haut-parleurs diminua, les rideaux s'écartèrent et Sister Midnight, vêtue d'une veste lamée et d'un jean slim noir, avança sur la scène sous un tonnerre d'applaudissements. Elle accueillit cet hommage en agitant la main et en envoyant des baisers à l'assistance. Elle attendit la fin des acclamations et gagna sa place au pied de l'estrade.

— Bonsoir, mes amis ! Et bienvenue dans mon humble boutique ! J'ai l'immense privilège de vous présenter ce soir la première collection d'une jeune femme au talent extraordinaire. Je ne vous en dirai pas plus sur Cally Mount, que vous connaissez déjà par ailleurs, ses vêtements parleront d'eux-mêmes. Donc, sans plus de cérémonie, *ladies and gentleman, meine Damen und Herren*, mesdames et messieurs, je vous laisse découvrir la mode de demain !

Le son remonta d'un cran tandis que Lilith émergeait de l'ombre. À l'instant où son pied se posa sur le podium, ses camarades de Bathory se levèrent avec un bel ensemble et l'applaudirent en poussant des cris hystériques.

Point de mire de tous ces regards envieux, Lilith sentit son vide intérieur se combler. Envolée, la fille que sa mère avait refusé d'aimer et que son père gâtait et ignorait tour à tour ! Le public ne voyait qu'une beauté éblouissante, une jeune vampire née dans l'opulence et jouissant de privilèges que tous convoitaient et respectaient. Sous le feu des projecteurs, elle avait l'impression de ne faire qu'une avec l'icône qu'elle représentait. Cette gloire éphémère éclipsait les pauvres sensations qu'elle éprouvait lorsqu'elle s'admirait en cachette dans un miroir. Elle avait besoin de ces yeux qui la dévoraient pour exister.

Alors qu'elle remontait le podium, elle vit le mannequin suivant qui s'avançait déjà vers elle. Elle se retint de la faire tomber quand elles se croisèrent, sachant que ce serait une très mauvaise idée.

— Vite ! Va te changer ! aboya Sister Midnight.

Son habilleuse attitrée se précipita et l'entraîna vers le portant sur lequel l'attendait la longue robe blanche. Lilith se laissa déshabiller telle une poupée géante, de la même façon qu'elle se laissait faire par Esméralda quand elle était petite. L'attention de l'habilleuse ne valait pas celle du public, mais elle devrait s'en contenter en attendant de le retrouver.

Le deuxième mannequin revenait déjà. Le suivant, une brune sculpturale vêtue d'un corset à baleines et d'une jupe de tweed moulante, s'avança à son tour. Le quatrième, qui attendait nerveusement que Sister Midnight lui donne le signal de départ, n'était autre que Melinda, époustouflante dans sa tenue orange.

Après s'être assurée que personne ne la regardait, Lilith posa traîtreusement le bout de sa chaussure sur la traîne de son ex-amie.

Melinda s'avança. Un bruit de déchirure l'arrêta net.

— Oh, je suis vraiment désolée, Melinda ! s'écria Lilith avec un désarroi exagéré. Je n'ai pas vu que je marchais sur ta robe !

— Tu l'as fait exprès ! gronda Melinda.

— Peu importe ! tonna Sister Midnight. Nadja, vas-y ! enchaîna-t-elle en faisant signe au mannequin suivant. Vite, que quelqu'un vienne raccommoder cette traîne !

— Je m'en occupe, intervint Cally en prenant le fil et l'aiguille des mains de l'habilleuse de Melinda.

— Je savais que cette garce me ferait un sale coup ce soir, fulmina Melinda à voix basse.

— Calme-toi. J'en ai pour deux secondes, ça ne se verra pas. Quant à Lilith, oublie-la !

— J'essaie, renifla Melinda. Je t'assure que je fais de mon mieux.

— Voilà ! s'exclama Cally en se reculant. Ce n'est pas parfait, mais ça tiendra le temps qu'il faudra.

— Merci ! Tu me sauves la vie… une fois de plus !

Sister Midnight lui fit signe.

— Bon, Melinda, tu passes après !

Cally regagna sa place pour assister à la suite du défilé et fut ravie d'entendre les « Ah ! » et les « Oh ! » de l'assistance quand Melinda apparut. Personne ne remarqua la retouche de dernière minute et sa robe fut la plus applaudie depuis le début du défilé.

— Ooooh ! C'était incroyable ! s'exclama Melinda en regagnant les coulisses. Merci de m'avoir offert une chance pareille ! ajouta-t-elle en se jetant au cou de son amie.

Cally éclata de rire.

— C'était un plaisir ! Et tu étais stupéfiante, Melinda ! Franchement !

— Lilith, ça va être à toi !

— Comment je suis ? chuchota-t-elle à Sister Midnight.

— Tu as l'air d'une déesse, comme d'habitude. Maintenant, vas-y et marche comme si le monde t'appartenait !

L'assistance poussa un cri d'émerveillement en voyant Lilith. Des applaudissements assourdissants l'accompagnèrent tout le long du podium. Le plaisir qu'elle avait ressenti à son premier passage n'avait rien de comparable avec l'extase qu'elle éprouvait à présent. Son cœur bondissait dans sa poitrine comme si elle avait reçu une décharge électrique.

Souriant aux anges, Lilith fit demi-tour et alla rejoindre les dix autres modèles qui l'attendaient pour le tour d'honneur. Elle regrettait de devoir partager le podium avec les autres, mais elle trouva cet instant très agréable.

Dans les coulisses, Sister Midnight se tourna vers Cally et la prit par la main.

— Il est temps de rencontrer ton public, ma chérie.

— Mais je ne suis pas prête ! Je suis horrible ! protesta-t-elle.

— N'importe quoi ! Tu es fabuleuse ! insista Sister Midnight en l'entraînant vers la scène. Tu vois ! Qu'est-ce que je te disais ? hurla-t-elle alors que la crème de la haute société Sang-de-Race se levait pour lui faire une telle ovation que les murs en tremblaient. Ils t'adorent, ma chérie !

— Cal-ly ! Cal-ly ! Cal-ly !

Il y avait encore peu de temps, on la traitait de minable Sang-Neuf, et même de bâtarde à moitié humaine. Et voilà que les filles qui lui menaient la vie dure à l'Académie scandaient son nom et la portaient aux nues ! Après avoir vécu dans l'ombre, c'était agréable d'être enfin reconnue. En fait, jusqu'à cette soirée, Peter avait été le seul à l'accepter…

Mais ce n'était ni le lieu ni le moment de s'abandonner à la mélancolie. On ne pouvait pas changer le passé. Le baron Metzger avait raison, la vie était trop longue pour qu'on la passe à pleurer.

Soudain, surgi de nulle part, Lucky Maledetto se matérialisa devant elle, un énorme bouquet de fleurs exotiques à la main.

Les mannequins repartirent vers les coulisses pour aller se changer. Lilith s'arrêta pour décocher un regard venimeux à Cally.

« Profites-en bien, sœurette. Parce que je n'ai aucune intention de partager le devant de la scène avec toi ! »

Chapitre 13

Cally descendit de l'estrade et Lucky la rejoignit, faisant office de garde du corps tandis qu'une foule d'admirateurs se pressait autour d'elle. Elle ne connaissait pratiquement personne, mais tous tenaient à lui serrer la main.

Bella Maledetto écarta son grand frère pour se jeter au cou de Cally.

— Tout était si beau, Cally ! Sister Midnight a raison, tu es vraiment surdouée ! Je suis si fière d'être ton amie !

— Hé, j'étais son amie avant toi ! protesta Bette.

— Les filles, je vous en prie ! les gronda leur mère.

Avec sa longue robe noire Dior et ses cheveux de jais relevés en chignon, Mme Maledetto ressemblait à une sculpture.

— Pourrais-tu avoir la gentillesse de me présenter ton amie, Faustus ? demanda-t-elle à son fils d'un ton sec.

— Bien sûr, maman. Cally, voici notre mère, Skylla Lamia-Maledetto.

— Je suis ravie de faire votre connaissance, madame.

— Mes filles m'ont beaucoup parlé de vous, répondit Mme Maledetto en la regardant comme si elle était un morceau de viande à l'étal d'un boucher. En fait, tous mes enfants vous portent beaucoup d'estime, et mon mari aussi.

— J'en suis très honorée.

— À juste titre. Notre famille n'accorde pas facilement son amitié.

— Laissez passer un père pressé de féliciter sa fille ! cria le baron Metzger en se frayant un chemin dans la foule.

Au son de sa voix, Mme Maledetto et ses enfants s'éclipsèrent discrètement. Cally eut beau chercher Lucky des yeux, il s'était évanoui aussi vite qu'il était apparu. En tout cas, elle était soulagée que le baron ne les voie pas ensemble.

— Félicitations, ma chérie ! Ta collection était absolument merveilleuse. À ce propos, voici quelqu'un qui aimerait beaucoup te parler.

Cally reconnut l'homme qu'elle avait remarqué en sa compagnie avant le défilé. L'étranger avait une quarantaine d'années, des cheveux roux et un menton pointu qui lui donnaient un petit air de renard.

— C'est vous, la styliste ? demanda-t-il avec un accent français prononcé.

— Oui, monsieur.

— Je me présente : Nazaire d'Ombres, dit-il en lui serrant la main avec chaleur. Je suis ravi de vous rencontrer, *mademoiselle*[3].

— Nazaire d'Ombres ! répéta-t-elle, sidérée.

— *Mais oui*, s'esclaffa-t-il. Le baron, votre *papa*, a eu la gentillesse de me faxer vos croquis…

— Oh, monsieur, je suis si confuse ! Je ne sais pas ce qui m'a pris. J'espère que je ne vous ai pas froissé…

— Pas du tout, *ma chère*. Au contraire, j'ai été très intrigué. Je suis dans la mode depuis très, très longtemps. J'ai dû feindre d'être mort à deux reprises pour hériter de ma maison de couture, c'est vous dire ! Et au fil des décennies, j'ai appris à reconnaître le talent. Vous, *ma jolie*, vous avez des doigts de fée. Je ne dis pas ça parce que votre père est le principal actionnaire de mon affaire ! Non, vous possédez réellement les qualités qui font les grands stylistes. Et je m'y connais, j'ai travaillé avec les plus grands : Pierre, Giorgio, Coco, Christian, Karl, Giani… Tous brûlaient du même feu quand ils étaient jeunes, et ce feu, je le retrouve en vous. Alors je vais vous

3. Les mots en italique dans ce chapitre sont en français dans le texte. (*N.d.T.*)

faire une proposition. Après votre école, si vous êtes toujours intéressée par la couture, je serais ravi que vous veniez travailler *pour moi*. Il y a déjà un certain temps que Maison d'Ombres a besoin de sang neuf. Nous recherchons une approche esthétique plus jeune, et vous êtes capable de nous l'apporter.

Cally le dévisagea, bouche bée.

— Je... je suis extrêmement flattée, monsieur d'Ombres.

— Je vous en prie, appelez-moi Nazaire, dit-il en lui baisant la main. Pas de chichis entre amis.

— Monsieur... euh... pardon... Nazaire, votre offre est très généreuse. Je ne sais que dire. Je ne suis pas sûre de mériter...

— Tut! tut! s'écria-t-il, coupant court à ses protestations. La modestie, feinte ou authentique, n'a pas sa place dans le monde de la mode. Je n'exige pas de réponse immédiate. Vous êtes jeune et nos vies sont longues. Cinq mois ou cinq ans, quelle différence pour nous, *n'est-ce pas*?

Le défilé et la réception qui l'avait suivi étaient terminés. Cally soupira de soulagement lorsque sa dernière admiratrice passa enfin le seuil de la boutique. Elle n'aurait jamais imaginé qu'être célèbre soit si fatigant.

— Tu t'en es super bien sortie pour une fille qui était encore inconnue il y a une semaine, la félicita Sister

Midnight. J'aimerais t'acheter tes modèles. La collection portera toujours ton nom, mais elle sera réalisée dans mes ateliers. Qu'en dis-tu ?

— C'est d'accord.

— Excellent ! Je vais demander à mon avocat de rédiger les papiers nécessaires et je les ferai porter au Plaza pour que tu les signes. Si tu montais dans mon bureau prendre un dernier verre pour fêter notre collaboration ? J'ai un petit O négatif au dom pérignon…

— Commencez sans moi, Sister, répondit Cally en repartant vers le podium. Je vérifie que ma collection est bien emballée et je vous rejoins.

La scène était à présent plongée dans un silence étrange. Les habilleuses et les mannequins avaient disparu, seuls les portants et quelques chaussures égarées témoignaient encore de leur passage. Cally sursauta en apercevant tout à coup une silhouette dans l'ombre. Elle faillit crier, affolée, le cœur battant la chamade. Et si Peter avait réussi à la retrouver et venait venger la mort de son père ?

— Qui est là ? lança-t-elle d'une voix chevrotante.

— Ce n'est que moi, ton plus grand admirateur, répondit Lucky, et il apparut dans la lumière.

Elle poussa un soupir de soulagement.

— Je t'ai pris pour quelqu'un d'autre.

— Quelqu'un que tu n'as pas envie de revoir, j'ai l'impression ?

— Non, plus jamais.

— J'attendais que tout le monde soit parti pour t'offrir ceci, continua-t-il en sortant de sa poche un collier en or. Je ne voulais pas que les gens se fassent de fausses idées… ou des vraies.

— Oh, Lucky ! Tu n'aurais pas dû ! Il est magnifique !

— Non, pas encore, protesta-t-il tandis qu'il l'aidait à passer le bijou autour de son cou. Mais il le sera bientôt. Tourne-toi.

Cally obéit docilement.

Il sourit et hocha la tête d'un air appréciateur.

— Maintenant, il est magnifique.

— Merci, Lucky. Jamais personne ne m'a fait un cadeau pareil.

— Ça va changer. J'y veillerai.

— Mais où étais-tu pendant le défilé ? Je ne t'ai pas vu avant, non plus. Et, tout à coup, pouf ! tu es apparu comme par enchantement.

— J'ai toujours été là. Je surveillais ma mère et mes sœurs. Les gens ne me voient que si je le souhaite.

Il baissa la tête et posa le bout de son auriculaire et de son majeur sur son front. L'air frémit comme la surface d'un bassin ridé par le vent. L'obscurité enveloppa Lucky et le recouvrit jusqu'à ce qu'il ne soit plus qu'une ombre imprécise.

— Où es-tu passé ? gloussa Cally nerveusement. Lucky ?

Deux bras forts la soulevèrent par la taille et la firent tournoyer.

— Bouh ! s'esclaffa Lucky. Je t'ai eue !

— Tu m'as prise en traître ! C'est de la triche ! fit-elle mine de protester.

Il la reposa à terre, sans la lâcher, les mains nouées au creux de son dos, et plongea ses yeux dans son regard levé vers lui.

— Tu sais que nous n'avons pas eu le temps de finir notre danse au bal des Ténèbres…

Une sonnette d'alarme retentit dans la tête de Cally. La dernière fois qu'elle avait écouté son cœur, cela s'était terminé par un désastre général. Il valait mieux qu'elle lui dise tout de suite qu'elle était flattée, mais qu'il ne lui plaisait pas. Ce mensonge leur épargnerait sans doute bien des souffrances. Après, elle monterait rejoindre Sister Midnight et boirait à leur association, puis elle rentrerait chez elle prendre un repos bien mérité.

Elle réfléchissait encore à ce qu'elle allait dire à Lucky quand il l'attira contre lui et l'embrassa tendrement. Au lieu de le repousser, Cally se sentit fondre dans ses bras et lui rendit son baiser.

Quand ils s'écartèrent enfin l'un de l'autre, elle secoua la tête, consternée.

— On n'aurait pas dû faire ça.

— Pourquoi ? Je te plais, non ?

— Oui, beaucoup, avoua-t-elle.

— Alors où est le problème ?

— Le problème, c'est que ton père est l'ennemi juré de Victor Todd et mon père… mon père est son fidèle vassal, murmura-t-elle, incapable de soutenir plus longtemps son regard. Par le Sang, je suis tenue de protéger Victor et de le servir, comme mon père. Ce qui fait de nous des ennemis. J'ai déjà tout perdu, Lucky. Je ne veux pas te perdre, toi aussi.

— Écoute, j'en ai discuté avec mes sœurs ; nous pensons qu'il est temps que mon père mette fin à cette vendetta*. Et, au nom de notre amitié pour toi, nous sommes décidés à le convaincre coûte que coûte.

— Vous feriez ça pour moi ? murmura Cally. Vous concluriez un pacte avec la famille Todd ?

— Cally, je ferais tout pour toi, rétorqua-t-il en la reprenant dans ses bras. Il te suffit de demander.

Chapitre 14

En temps normal, Lilith serait restée à la réception après le défilé, mais voir tout le monde féliciter Cally lui était insupportable. Pendant que les autres mannequins sirotaient du O positif mélangé à un vin blanc bon marché, elle s'était changée en vitesse avant de s'éclipser. Elle se doutait que Sister Midnight lui avait menti au sujet de Lady Elysia, mais elle n'était pas encore prête à couper les ponts avec elle. Elle risquait d'avoir besoin d'elle bientôt.

Dans l'ascenseur, elle revit l'expression hébétée de Cally devant la foule à ses pieds. Quelle andouille ! Croyait-elle vraiment que les gens aimaient ses vêtements ? Et que c'était parce qu'elle maniait avec habileté la machine à coudre qu'ils bavaient devant elle ? Non, ils lui léchaient les bottes uniquement parce qu'ils avaient peur de la contrarier et de se faire griller par la Main Noire.

Les portes de l'ascenseur s'ouvrirent au rez-de-chaussée de la boutique et elle fut surprise de voir Xander arpenter le hall, vêtu de son caban et de son bonnet de marin.

— Qu'est-ce que tu fais là, Exo ? demanda-t-elle en s'avançant vers lui.

— Tu m'as envoyé un message pour que je vienne te soutenir, répondit-il en montrant son mobile.

« Comme à tous les gens sur ma liste de contacts », songea-t-elle. N'empêche qu'elle était contente qu'il ait fait l'effort de venir. Elle savait qu'il préférait de loin jouer avec ses potions que d'assister à un défilé de couture, et sa présence n'en avait que plus de valeur pour elle.

— C'est un cadeau pour moi ? s'enquit-elle en montrant le petit écrin en velours noir qu'il tenait à la main.

Elle adorait recevoir des cadeaux de ses admirateurs, même si elle avait tendance à les considérer comme un dû. N'était-ce pas un privilège de s'afficher avec une fille aussi populaire et aussi belle qu'elle ?

— Oui, murmura-t-il avec un sourire timide. J'espère que ça te plaira.

— Ce sont des diamants ? demanda-t-elle en lui arrachant quasiment la boîte des mains. J'en suis dingue !

Elle souleva le couvercle et poussa un petit cri de stupeur en découvrant un bracelet de diamants bleus qui serpentait sur un fond de satin blanc. Sans perdre une seconde, elle le passa à son poignet.

— Je l'ai fait réaliser exprès pour toi, expliqua Xander. Les pierres sont du même bleu que tes yeux.

— Merci, Exo ! souffla-t-elle.

— Il te plaît ? Parce que je peux trouver autre chose sinon...

— S'il me plaît ? Je l'adore ! s'esclaffa-t-elle en passant doucement le dos de sa main sur la joue de Xander.

Elle fut surprise du plaisir qu'elle eut à ce contact. Et elle sentit un frisson inattendu la parcourir quand il la regarda droit dans les yeux.

— Si ce bracelet te plaît, alors tu vas raffoler de l'autre cadeau que je te réserve.

— Mieux qu'un bracelet de diamants ? s'étonna-t-elle en haussant les sourcils. Alors là, je demande à voir !

— Je pensais que Jules viendrait au défilé, reprit Lilith alors qu'ils arrivaient au laboratoire. Tu ne l'as pas croisé ?

Xander secoua la tête.

Encore tout récemment, elle aurait eu peur de se retrouver seule dans une pièce avec lui. Mais, à présent, elle se sentait merveilleusement à l'aise.

— Et tu as eu de ses nouvelles dernièrement ? continua-t-elle en enlevant son manteau.

— Nous ne nous sommes pas parlé depuis l'autre soir au club. Les seuls Laval et Orlock qui soient encore en bons termes, ce sont mes parents. Mon père et mon oncle

Julien ne s'adressent plus la parole. Au fait, tu étais canon ce soir! s'exclama-t-il, changeant brutalement de sujet. Tu étais si belle dans ta robe blanche, on aurait dit une déesse. J'aurais bien aimé prendre une photo de toi.

— Dommage que ce ne soit pas possible! soupira-t-elle. J'aurais tant aimé, moi aussi, garder un souvenir de ces moments délicieux! Alors, où est le cadeau que tu m'as promis? continua-t-elle en caressant son bracelet de diamants, dévorée par la curiosité.

Xander s'agenouilla à côté de la chaise sur laquelle elle s'était assise pour que leurs yeux soient à la même hauteur et lui tendit un petit pot.

— Le voici.

Lilith fronça les sourcils et, tout à coup, elle comprit.

— Par les Fondateurs! Exo! C'est bien ce que je crois?

— Il n'y a qu'une façon de le savoir, dit-il avec un grand sourire. Ferme les yeux.

Elle obéit, le cœur bondissant d'impatience. Elle tressaillit au contact d'une pâte froide, humide et gluante sur sa joue et plissa le nez.

— Beurk! Ce machin sent le champignon vénéneux. Moi qui te prenais au sérieux!

— Chut! répondit Xander d'un ton ferme en continuant à étaler la mixture sur son visage. Ça sent le champignon parce qu'il y en a dans sa composition. Il s'agit de ma toute dernière formule, à laquelle j'ai incorporé certaines de tes suggestions, ma chère associée. Je n'ai fait que suivre ton idée, au fond. On s'occupera de l'odeur plus tard. En attendant, je te demande juste de ne pas bouger et de garder les yeux et la bouche fermés.

Lilith, qui détestait pourtant recevoir des ordres, se soumit docilement à son ton autoritaire et à la sensation presque envoûtante de ses mains sur sa peau.

Xander recula pour admirer son œuvre.

— Lilith, tu m'as demandé un jour si tu étais jolie. Je t'ai répondu que tu étais belle, et tu ne m'as pas vraiment cru. À présent, je vais te le prouver ! Regarde-moi !

Elle ouvrit les yeux alors qu'il pointait sur elle un appareil photo numérique.

— Exo, qu'est-ce que tu fais ? Tu sais ce que tu risques si on te surprend avec ça ?

— Dis « O positif » ! plaisanta-t-il en appuyant sur le déclencheur.

— Exo... non ! s'écria-t-elle alors que le flash l'éblouissait. Qu'est-ce qui te prend ?

— Je te fournis juste la confirmation dont tu avais besoin, expliqua-t-il en retournant l'appareil pour lui montrer l'écran. Tu vois ? Tu es la plus belle femme du monde !

Lilith considéra son image avec stupeur. La dernière fois qu'elle avait vu une photo d'elle, on aurait dit un hologramme avec son visage translucide. Mais, là, elle avait autant de consistance qu'un être humain. Il ne manquait que ses cheveux et ses yeux. Elle se leva d'un bond pour aller chercher ses énormes lunettes Yves Saint Laurent dans son sac Prada et les chaussa.

— Recommence !

Cette fois, quand Exo lui montra l'écran, l'illusion était presque totale.

— Dommage pour les cheveux, soupira-t-elle. Enfin, je pourrais mettre un foulard…

— Je planche sur le problème, affirma Exo avec un geste vers le carnet ouvert sur une paillasse. Je devrais pouvoir inclure les ingrédients nécessaires dans un shampoing. Quant aux yeux, il suffirait de porter des lentilles de contact.

— C'est incroyable ! Je me vois en photo ! J'arrive à me voir ! Tu as raison, c'est encore mieux que le bracelet de diamants ! Exo, tu réalises ce que ça signifie ?

En guise de réponse, Xander la prit dans ses bras et l'embrassa. Après une brève hésitation, elle lui rendit fiévreusement son baiser. À sa grande surprise, Xander embrassait merveilleusement bien, beaucoup mieux que Jules. Au bout d'une longue minute, ils s'écartèrent pour se dévisager.

Les traits dont elle s'était moquée, ces longs doigts et ces oreilles pointues ne la rebutaient plus. Au contraire, ils l'attiraient. Elle trouvait un charme fantastique à Exo.

Contrairement à Jules, qui était physiquement parfait sous tous les angles, Xander pouvait paraître à la fois laid et très beau.

La différence entre les cousins ne se limitait pas au physique. La virilité de Jules semblait superficielle, alors que celle de Xander perçait dans chaque fibre de son être. Apparemment timide et mal à l'aise, Xander était en réalité sûr de sa puissance et de ses capacités. Lilith trouvait ça terriblement séduisant.

Elle lui passa les bras autour du cou et attira sa tête vers la sienne pour un second baiser, encore plus intense. Avec Jules, les baisers étaient toujours écourtés, comme s'il était pressé de passer à l'étape suivante. Ceux de Xander étaient doux, lents et agréables, comme s'il voulait la savourer et non la dévorer. Le contact de sa bouche charnue sur la sienne ne ressemblait en rien à tout ce qu'elle avait connu jusque-là.

Elle se lova contre lui, tel un chat qui quémande des caresses. Quand les longs doigts du garçon effleurèrent la peau nue de ses bras, elle cambra le dos et bascula la tête en arrière en poussant un profond soupir. Xander se pencha sur elle et la renversa contre la paillasse qui trembla en faisant tinter les flacons.

Lilith l'embrassa de plus belle et glissa les mains sous sa chemise, surprise de découvrir un torse imberbe et musclé. Xander la repoussa brusquement et recula, haletant comme un coureur à bout de souffle.

— Qu'est-ce qui t'arrive ?

Il secoua la tête.

— Ce n'est pas bien. Nous le savons tous les deux. Tu es promise à Jules et, malgré tout, c'est mon cousin et mon plus vieil ami. Je n'ai pas le droit d'être avec toi, et surtout pas comme ça.

— Entre Jules et moi, c'est archi fini !

Xander rougit et rajusta sa chemise sans un mot.

Lilith s'approcha de lui.

— Tu crois que Jules aurait des scrupules à ta place ?

— Je m'en moque, répondit Xander d'un ton solennel. Seule ma conduite m'importe. Tu devrais rentrer, Lilith. Le jour va bientôt se lever.

Il lui ouvrit la porte.

— Tu es sûr que tu veux que je m'en aille, Xander ? murmura-t-elle en le frôlant au passage.

— On en parlera une autre fois, d'accord ? répondit-il d'une voix hachée. Va-t'en vite avant qu'on ne fasse des bêtises.

— Comme tu voudras.

Chapitre 15

— Te voilà arrivée ! Livrée à domicile, plaisanta Lucky alors que son chauffeur s'arrêtait devant le Plaza.

— Ce n'est pas la première fois que tu me ramènes chez moi, murmura Cally.

— En effet, acquiesça-t-il avant de l'embrasser longuement. Quand pourrai-je passer te voir officiellement ? demanda-t-il en passant son pouce au creux de sa joue.

— Accorde-moi un jour ou deux, le temps de mettre mon père au courant. Je refuse d'agir dans son dos. Je ne veux plus avoir à me cacher.

— Je te comprends. Je vais parler à mon père, moi aussi. Ne t'inquiète pas, Cally. On trouvera une solution, je te le promets.

Cally tourbillonna sur elle-même dans le hall en riant comme une gamine. Le concierge de nuit leva la tête de derrière son comptoir, étonné d'une telle exubérance à six heures du matin. La première réaction de Cally fut de se reprendre et de gagner sagement les ascenseurs, mais elle se ravisa. Pourquoi avait-elle toujours peur d'attirer l'attention ? Après tout, elle avait bien le droit de glousser et de faire la folle ? Elle était jeune et amoureuse, non ?

Quelle soirée fabuleuse ! Le défilé avait été un succès, Sister Midnight allait diffuser ses modèles dans ses boutiques, Nazaire d'Ombres en personne lui avait proposé de faire son apprentissage à Paris et, pour couronner le tout, elle avait un nouveau petit ami ! Il lui faudrait des heures avant de redescendre de son nuage et de trouver le sommeil. Elle avait hâte de tout raconter au baron Metzger.

Bien qu'il soit le vassal de son père, elle pouvait compter sur lui pour plaider sa cause. Victor serait sûrement ravi de faire la paix avec Vincent Maledetto.

Elle ouvrit la porte de l'appartement et buta contre un obstacle. Elle passa la tête dans l'entrebâillement et fronça les sourcils en reconnaissant ses bagages entassés dans l'entrée.

— Edgar ? Que se passe-t-il ? appela-t-elle en se glissant à l'intérieur. Qu'est-ce que mes valises font là ?

— Je ne sais pas, mademoiselle Cally, répondit le majordome, qui arrivait dans le hall, la machine à coudre sous un bras, une malle sous l'autre. Le maître m'a juste demandé d'emballer vos affaires.

Elle courut au salon. Le baron se tenait debout devant la cheminée, un verre de sang à la main.

— Baron, que se passe-t-il ? Qu'est-ce que mes affaires font dans le hall ?

— Je dois repartir en Europe de toute urgence, ma chérie. Et je crains que mon absence ne soit longue.

Le cœur de Cally, si léger quelques secondes plus tôt, se lesta de plomb. Génial ! Juste quand les choses s'arrangeaient pour elle, on l'arrachait à ses amis et on la privait des chances qui s'offraient à elle pour l'envoyer Dieu sait où !

— Où allons-nous ?

— J'ai peur que tu n'aies pas bien compris. Tu ne m'accompagnes pas, Cally. L'endroit où je vais est très dangereux, surtout pour quelqu'un de ton âge. En outre, d'après notre accord avec le Synode, tu ne dois pas quitter New York. Sinon, le comte de Laval te le fera payer très cher.

Cally fronça les sourcils.

— Mais, si je ne peux pas rester ici et si je ne peux pas partir avec vous, où vais-je aller ?

Le baron lui sourit et posa les mains sur ses épaules.

— À partir de demain soir, tu habiteras chez ton vrai père. Tu vivras sous le toit de Victor Todd jusqu'à ce que tu aies fini tes études à l'Académie Bathory. Ne t'inquiète pas, ma chérie. Aux yeux de la société Sang-de-Race, Victor ne fait qu'étendre son hospitalité à la fille de son vassal, rien de plus.

La tristesse s'abattit sur Cally à mesure qu'elle comprenait ce que cela signifiait. Pendant la brève période où elle s'était fait passer pour sa fille, Cally s'était attachée au vieil homme. Bien que son grand-père Cyril soit mort longtemps avant sa naissance, elle avait toujours pensé que le baron Metzger la traitait comme son aïeul l'aurait fait.

— Je ne veux pas vous perdre ! s'écria-t-elle en se jetant à son cou. Je vous en supplie, ne partez pas ! Vous êtes sûr que vous ne pouvez pas convaincre mon père de vous garder ici ?

Metzger laissa échapper un gros soupir.

— Rien ne me ferait plus plaisir, mais je ne peux pas me permettre de discuter ses ordres. Je le sers sans poser de questions depuis des centaines d'années, comme j'ai servi ton grand-père Adolphus avant lui.

Le baron se dégagea doucement et tendit un mouchoir à Cally.

— Cependant, je dois admettre que me faire passer

pour ton père a été la tâche la plus agréable qui m'ait jamais été confiée. J'aurais aimé que tu sois réellement mon enfant, Cally. Ma chère épouse et moi avons toujours rêvé d'avoir une petite fille. Hélas, le sort en a décidé autrement.

— Est-ce que je vous reverrai ? demanda Cally en sanglotant de plus belle.

Elle qui rêvait depuis toujours d'aller vivre avec son véritable père n'en revenait pas elle-même de sa réaction à présent que son vœu se réalisait.

Le baron haussa les épaules.

— Tout dépend de ton père.

Il lui prit le menton entre le pouce et l'index et lui releva la tête.

— Allons, allons, ne pleure pas, *Liebchen*. Qu'est-ce que je t'ai dit la nuit où ta mère est morte ?

— « La vie est trop longue pour qu'on la passe à pleurer », répondit-elle en s'essuyant les yeux.

— Ah, je reconnais bien là ma fille ! déclara-t-il fièrement.

Chapitre 16

Il y avait longtemps qu'elle ne s'était pas sentie aussi bien, songea Lilith en se réveillant. Elle n'avait pas attaqué une nouvelle soirée avec autant de confiance depuis… eh bien, depuis la mort de Tanith. Mais n'avait-elle pas toutes les raisons de se réjouir ? Son rêve de devenir la vampire la plus puissante du monde se trouvait enfin à sa portée.

Elle était sur le point de devenir une femme indépendante, enfin libérée du joug de son père et de l'emprise des Laval et compagnie. Désormais, tout allait changer, pas seulement dans sa vie, mais aussi dans celle de ses congénères.

Peut-être qu'elle devrait foncer et abandonner tout de suite ses études. Avec tout l'argent qu'elle allait bientôt gagner, elle n'aurait qu'à payer d'autres vampires pour faire ce dont elle était incapable, comme dompter des monstres ou jeter la foudre. Et, si son père n'approuvait pas cette décision, qu'il aille au diable ! Elle allait enfin pouvoir mener son existence à sa guise. Plus personne ne lui dirait ce qu'elle devait faire ou pas.

Alors qu'elle enfilait sa robe de chambre en cachemire, elle entendit un bruit sourd dans le couloir. Elle entrouvrit la porte et vit une domestique qui portait une malle dans l'ancienne chambre de sa mère. Elle s'approcha sur la pointe des pieds et aperçut dans la pièce une fille aux cheveux courts qui lui tournait le dos, occupée à sortir des affaires d'une valise ouverte sur le lit. La silhouette de cette invitée imprévue avait quelque chose d'horriblement familier.

Quand Cally Mount se retourna pour dire à la bonne où poser la malle, les pires craintes de Lilith se confirmèrent. Serrant la ceinture de son peignoir d'un coup sec, elle traversa le couloir en courant et dévala l'escalier du duplex quatre à quatre.

Victor Todd parlait dans son combiné mains libres tout en pianotant sur son ordinateur lorsque Lilith fit irruption dans son bureau.

— Qu'est-ce qu'elle fiche là ? s'écria-t-elle, folle de colère.

— Bonjour, Lilith. N'ai-je pas droit au moins à un petit « Quel plaisir de te voir de retour, papa ! C'était comment la Russie ? » demanda-t-il d'un ton sarcastique, tout en couvrant de sa main le micro de son téléphone.

Elle leva les yeux au ciel.

— Très bien. Alors, c'était comment, la Russie ?

— Plus froid que les pattes d'un ours polaire, répliqua-t-il avant de reprendre sa conversation téléphonique. Vous m'avez bien compris ? Je veux que vous vous en occupiez sans tarder ! Je veux savoir d'où ça a été expédié et je veux, non, j'exige, une réponse ultra-rapide. Appelez-moi dès que vous aurez du nouveau !

Victor retira son oreillette et reporta son attention sur sa fille qui le fusillait toujours du regard, les bras croisés sur sa poitrine.

— Pour répondre à ta première question, Cally est là parce que le baron Metzger en a assez de jouer les papas poules et retourne en Europe. Elle est ta demi-sœur et elle n'a plus de famille, où veux-tu qu'elle aille ?

— Elle peut aller dormir dans le métro, pour ce que j'en ai à faire !

— C'est bizarre ! Je croyais que tu souhaitais te rapprocher d'elle. Souviens- toi de ce que tu m'as dit avant que je parte à Saint-Pétersbourg. M'aurais-tu menti une fois de plus ?

— Non, je le pensais. Enfin… de là à vivre sous le même toit qu'elle, il y a une marge !

— Pourtant c'est ce que tu vas faire, jeune fille, rétorqua-t-il d'un ton sans appel. Je ne supporterai plus aucun de ces règlements de comptes à la Caïn et Abel, compris ? Je n'ai pas envie que tu finisses comme Christopher Van Helsing parce que tu n'auras pas pu t'empêcher de la provoquer !

— Soit, mais étais-tu forcé de lui donner la chambre de maman ?

Il haussa les épaules.

— Pourquoi pas ? Irina ne s'en servira plus. Si tu préfères, je peux te donner la suite de ta mère et mettre Cally dans la tienne.

— Non, marmonna-t-elle en baissant les épaules, résignée.

Victor Todd attendit que Lilith soit sortie de son bureau et alla fermer la porte à clé derrière elle. Il lui restait beaucoup de problèmes à régler et il ne voulait plus être dérangé.

C'était facile d'expliquer l'arrivée de Cally en prétextant que Metzger lui imposait cette décision : Lilith croyait toujours que le baron le faisait chanter avec les photos prises par Kristoff quand elle avait voulu jouer les mannequins.

La vérité était tout autre : Victor craignait que Cally ne s'attache à son vassal. Elle traversait une période particulièrement difficile sur le plan émotionnel, et il ne voulait pas que Metzger la manipule à ses propres fins. Celui qui arriverait à conquérir le cœur et l'esprit de celle qui maîtrisait la Main Noire se retrouverait aux commandes de l'arme la plus mortelle dans ce monde et dans l'autre. Et il avait bien d'autres chats à fouetter que de mater une révolution de palais fomentée par Karl Metzger.

Victor se rassit devant son ordinateur et rouvrit la fenêtre qu'il avait fermée à l'arrivée de Lilith. Une image apparut. Elle était jointe à un mail anonyme intitulé : NOUS LA TENONS.

La photo représentait Sheila Mount, les yeux bandés, debout devant un drap tendu, hagarde et terrorisée, mais indemne. Elle brandissait entre ses mains un exemplaire du *New York Times* dont la date était bien visible.

Victor soupira de tristesse en contemplant la mère de son enfant. Certain que personne ne le voyait, il caressa son visage du doigt.

Cally entendit frapper à la porte et Lilith apparut sur le seuil en robe de chambre. C'était la première fois qu'elle la voyait sans maquillage. Elle fut sidérée de la trouver si jeune et si vulnérable.

— Je peux entrer ?

Cally haussa les épaules.

— Oui, bien sûr.

Lilith avança et contempla le lit rococo en acajou et les meubles anciens qui décoraient la pièce.

— Mon père m'a dit que tu allais habiter ici..

— Oui, du moins jusqu'au retour de mon père.

— Ton père ? Tu veux parler du baron ?

— Oui, de qui d'autre sinon ?

— Qu'est-ce que c'est ? demanda Lilith en montrant une urne en bronze posée sur une commode. C'était là quand tu es arrivée ?

— Non, répondit Cally en s'interposant entre l'urne et Lilith. Ce sont les cendres de ma mère.

— Je croyais que les humains enterraient leurs morts.

— Pas toujours. Parfois, on les fait incinérer.

— Et pourquoi gardes-tu ses cendres ?

— Parce qu'elle fait toujours partie de ma vie.

Lilith la dévisagea comme si elle lui avait répondu en swahili. Il était temps de changer de sujet.

— Il y a des vêtements dans le dressing, remarqua Cally, étonnée de voir Lilith faire le tour de la pièce comme si c'était un musée. Cette chambre est occupée, d'habitude ?

— C'était la chambre de ma mère.

— Oh, je suis désolée. Je l'ignorais totalement ! Quand tu m'as demandé si l'urne se trouvait là avant mon arrivée, j'ai pensé que c'était une chambre d'amis…

Lilith haussa les épaules.

— Ce n'est pas grave. Je n'étais jamais entrée dans cette pièce. On ne se parlait pas beaucoup, elle et moi. Au fait, ça te dirait d'aller faire du shopping ?

Cally écarquilla les yeux de surprise.

— Hein ?

— Pas tout de suite, bien sûr Mais plus tard, quand tu auras défait tes bagages et que tu seras installée. On pourrait aller chez Bergdorf et écumer deux ou trois boutiques ?

— Oui, ce serait sympa, déclara Cally en se demandant quel piège elle lui tendait encore. Mais je peux savoir pourquoi ?

Lilith haussa de nouveau les épaules.

— Je déteste faire les magasins seule.

Chapitre 17

Cally laissa échapper un soupir d'incrédulité. Lilith s'était montrée agréable avec elle ! Elle faillit se pincer pour vérifier qu'elle ne rêvait pas. Elle fut presque aussi surprise de découvrir qu'elle la plaignait. Pour la première fois, elle entrevoyait une explication à sa conduite. Sa propre relation avec sa mère n'avait pas toujours été facile, mais au moins elles s'étaient aimées. Malgré ce que prétendaient le comte de Laval et Anton Sarcasse, les vampires ne se différenciaient guère de leurs cousins humains et étaient tout aussi capables qu'eux de tisser des relations étroites avec leurs enfants. Elle l'avait constaté en observant Melinda et sa mère, et même le comte Orlock et Klaus, son fils au physique monstrueux. Elle l'avait même personnellement expérimenté avec le baron Metzger.

Mais ne jamais connaître la chaleur et la sécurité

qu'apportait l'amour d'une mère, parce que celle-ci vous le refusait sciemment… il ne fallait pas s'étonner que Lilith soit si calculatrice, si mal dans sa peau et si perturbée.

La mort de sa mère avait dû changer sa vision de la vie. La perte brutale d'un être proche vous transformait, comme Cally avait eu le malheur de le constater par elle-même. Ce qui expliquait sans doute le surprenant changement d'attitude de Lilith envers elle.

Peut-être pourrait-elle trouver une sœur en elle, finalement.

À peine sortie de la chambre de sa mère, Lilith se précipita dans la sienne, s'enferma à clé et se jeta à plat ventre sur son lit, secouée par un fou rire irrépressible. Au bout de deux minutes, elle roula sur le dos, épuisée.

Ce serait un jeu d'enfant ! Pourquoi n'y avait-elle pas pensé plus tôt ?

Elle avait gaspillé tant de temps et d'énergie à tenter de battre Cally physiquement. Elle n'avait aucune chance de la vaincre sur ce terrain-là : elle possédait le pouvoir de la Main Noire. Et elle était beaucoup trop dangereuse pour que Lilith risque de se la mettre à dos.

L'heure était venue de changer de tactique. Cette fois, elle allait s'inspirer des méthodes de Carmen. Au lieu de traiter Cally en ennemie, elle se prétendrait son amie. Elle attendrait aussi longtemps qu'il le faudrait et, dès qu'elle aurait gagné sa confiance, paf! elle frapperait!

Certes, c'était odieux de devoir partager son toit avec sa demi-sœur, mais elle serait bientôt libre de ses mouvements. Dès qu'Exo aurait mis au point la crème anti-disparition, elle la porterait à Sister Midnight pour lui montrer de quoi elle était capable. Et le tour serait joué! Avec l'aide d'investisseurs et de distributeurs, ils inonderaient le marché international en quelques semaines. Cela lui apporterait la richesse et, surtout, une réputation et une reconnaissance mondiales.

Ses rêves de célébrité furent soudain interrompus. Quelqu'un tapait à la porte-fenêtre du balcon. Elle écarta les rideaux et sourit intérieurement en voyant le visage pâle pressé contre la vitre.

Elle ouvrit en songeant qu'à partir de ce soir rien ne serait plus jamais comme avant. Ni pour elle. Ni pour Exo. Et certainement pas pour Cally. Sa crème bouleverserait le monde des vampires comme celui des humains.

La fortune de son père aurait l'air bien ridicule comparée à la sienne. Elle pourrait faire tout ce qu'elle voudrait, avec qui elle voudrait et quand elle le voudrait. Il ne lui restait plus qu'à attendre son heure, telle une araignée sur sa toile, et à guetter l'occasion de porter le coup fatal.

« Tu ne perds rien pour attendre, mon petit papa! »

Lexique

Asservi : être humain vivant contrôlé mentalement par un vampire. Les asservis ne sont pas toujours conscients de leur condition. On en trouve à tous les échelons de la société, des simples serviteurs, nécessaires aux activités journalières, aux politiciens, chefs d'État, hommes d'Église et financiers.

Bûcheur, bûcheuse : quelqu'un d'abominablement travailleur, genre intello ou matheux.

Caillots : terme insultant pour désigner les humains.

Caveau : lieu où l'on retient captifs des donneurs. En argot, le terme désigne les banques de sang privées.

Chasser : traîner dans les endroits mal famés pour s'amuser à saigner ou à terroriser des humains.

Chtonique, ou écriture chtonique : langue écrite rapportée de l'enfer par les Fondateurs de la race vampire.

Demi-frères et demi-sœurs : comme chez les humains, les vampires possédant un parent commun sont demi-frères ou demi-sœurs. Étant donné la forte mortalité infantile et les risques de décès au cours de l'accouchement, il arrive souvent que les vampires aient plusieurs épouses dans leur vie. On rencontre ainsi fréquemment des demi-frères et sœurs qui ont des dizaines d'années d'écart.

Demi-Sang : vampire né d'un mariage mixte entre un Sang-de-Race et un Sang-Neuf.

Dépossédés : nom donné aux vampires qu'on a dépouillés de leur saigneurie. Ils ont le choix entre devenir vassal de l'usurpateur, repartir de zéro en qualité de Sang-Neuf ou devenir enseignant dans une école privée.

Donneur : humain maintenu en captivité auquel on prélève régulièrement du sang selon des méthodes modernes assez proches de la traite des vaches.

Fondateurs : vénérés par leurs descendants à l'égal de demi-dieux, ce sont les treize fondateurs de la race vampire moderne. Il y a vingt mille ans, un sorcier ramena de l'enfer une centaine de démons aux allures de chauve-souris. À sa mort, prisonniers de notre univers, ils se livrèrent des combats fratricides, chacun voulant devenir le maître du monde des mortels. Quand il n'en resta plus que treize, ils conclurent une trêve, s'éparpillèrent autour du globe et engendrèrent la race des vampires.

Griffe de scribe : morceau de bois, ou parfois de pierre, sculpté en forme de griffe, censé représenter les serres des ancêtres, avec lequel les vampires écrivent le chthonique.

Hybride : produit d'une union entre un humain et un vampire. Les vampires se méfient des hybrides, car les chasseurs professionnels de sorciers et de vampires les retournent souvent contre eux. L'exemple le plus révoltant est l'infâme Pieter Van Helsing.

Jeteur, jeteuse de foudre : Sang-Pur capable de déclencher des éclairs, des tempêtes de neige, des tornades et autres cataclysmes. Alors que tous les vampires possèdent ce pouvoir, rares sont ceux qui parviennent à produire plus que du brouillard ou une petite bruine.

Langue Pure : langage à ultrasons parlé à l'origine par les Fondateurs.

Laquais : vampire de peu de pouvoir qui se lie à un vampire plus puissant dans l'espoir d'être protégé. À l'inverse des dépossédés, les laquais n'ont pas été dépouillés de leur saigneurie, mais choisissent librement de servir un seigneur.

Lié : être lié équivaut à être marié chez les humains. Les couples de vampires sont liés relativement jeunes, bien que leur période optimale de reproduction se situe entre 100 et 350 ans. L'accouchement représente un gros risque pour les femmes vampires ; nombre d'entre elles meurent en couches. Les naissances multiples sont rares et très peu de femmes donnent naissance à plus de deux enfants. Bien sûr, la plupart des hommes vampires se remarient et ont d'autres enfants après le décès de leur épouse. Les mariages des Sang-de-Race sont organisés entre les chefs de famille afin de consolider leur pouvoir.

Morts-vivants : humains tués par la morsure d'un vampire puis ramenés à la vie. Bien qu'ils ne soient plus tout à fait humains, ce ne sont pas non plus des vampires. Contrairement à leurs maîtres, ils ne peuvent pas se métamorphoser ni voler. Et, surtout, ils ne peuvent pas se reproduire en mordant des humains. Cependant, ils sont immortels, bien qu'ils soient immédiatement réduits en cendres s'ils s'exposent à la lumière du soleil. Les morts-vivants sont indispensables à la vie quotidienne des vampires, car ce sont eux qui effectuent les tâches interdites aux Sang-Pur telles que la lessive, les courses, le ménage, le jardinage, les comptes, l'éducation des enfants, etc. Ils sont d'une fidélité absolue à leurs maîtres, car, si le vampire qui les contrôle se fait tuer, ils meurent eux aussi. Les familles de vampires qui ont acquis de nombreux morts-vivants au fil des siècles ont appris à stocker leur excédent, en le plaçant en état d'hibernation tant qu'ils n'en ont pas besoin. Un vampire très riche qui n'a pas beaucoup de serviteurs morts-vivants est inférieur sur le plan social à un pauvre qui en possède beaucoup. Les vampires prennent grand soin de leurs morts-vivants ; ceux qui les négligent sont passibles de peines sévères.

Néga : abréviation familière pour désigner du sang de groupe négatif.

Novice : jeune vampire qui n'a pas encore atteint l'âge adulte. En principe, il cesse de l'être entre vingt et un et vingt-cinq ans, quand il devient capable de créer un mort-vivant.

Planter (se faire) : se faire tuer par des chasseurs de vampires, en argot.

Posi : abréviation familière pour désigner du sang de groupe positif.

Promis : dans la bonne société vampire, être promis équivaut à être fiancé. Les enfants vampires sont promis les uns aux autres par leurs aînés, qui établissent en général un contrat d'union précisant le nombre d'enfants des deux familles qui devront se marier entre eux. Cependant, les familles de Sang-Neuf brisent souvent cette tradition pour laisser leurs enfants faire ce qu'on appelle des mariages d'amour.

Puriste : intégriste (faction dure).

Rouge : sang, en argot.

Saigner : boire le sang à même la veine, en argot.

Saigneurie : pouvoir absolu sur les morts-vivants créés par une lignée. À l'approche de la mort, le chef d'une famille de vampires transmet ce pouvoir à une personne de son choix. Pour entrer dans son héritage, celle-ci doit vider le patriarche ou la matriarche de son sang juste avant qu'il ou elle expire, réduisant ainsi son corps en cendres. Certaines saigneuries remontent aux Sumériens. C'est ainsi qu'un vampire âgé à peine d'une centaine d'années (voire plus jeune) peut se retrouver à la tête de légions de morts-vivants. Le légataire hérite également de tous les humains qui se trouvaient sous le contrôle mental du testateur. Cependant, à la suite d'un combat singulier entre vampires, le perdant se voit dépossédé de ce pouvoir. La saigneurie permet également d'accroître d'autres pouvoirs.

Sang-Déchu : vampires jugés inférieurs et/ou incapables d'assumer la saigneurie de leur famille. Quand il y a plusieurs enfants, le chef de famille doit choisir le plus à même de lui succéder. Sont estimées en priorité l'agressivité, la force physique et la résistance, avant les divers pouvoirs surnaturels. Le descendant jugé le plus fort, et donc le plus apte à défendre la saigneurie contre les usurpateurs, est désigné comme héritier et les autres sont relégués au rang de Sang-Déchu. Les frères et sœurs Sang-Déchu doivent toujours soutenir l'héritier choisi. Il leur est interdit de se marier et de se reproduire (du moins avec un autre vampire). Et, au moment de mourir, ils doivent remettre leur saigneurie ainsi que tous les morts-vivants et les biens qu'ils ont pu accumuler au fil des siècles à ce frère plus fort ou à ses héritiers. Cet usage ne s'applique pas dans le cas où l'héritier désigné disparaît sans avoir eu le temps de transmettre sa saigneurie ou lorsque les familles souhaitent sceller des liens en mariant un ou une de leurs Sang-Déchu à l'héritier ou à l'héritière d'une autre famille.

Sang-de-navet : surnom donné aux Sang-Neuf par les Sang-de-Race. Sobriquet.

Sang-de-Race : vampires de longue lignée qui ont su conserver leurs saigneuries, dont certaines remontent aux premiers démons. Les Sang-de-Race commandent d'immenses légions de serviteurs morts-vivants et possèdent des pouvoirs multiples. Ils peuvent ainsi jeter la foudre, charmer les animaux, se métamorphoser, contrôler les esprits, jeter des sorts et confectionner des potions magiques.

Sang-Neuf : descendants des vampires dépossédés de leurs saigneuries et qui ont choisi de repartir de zéro. Bien que leurs pouvoirs soient affaiblis, les Sang-Neuf ne sont pas forcément pauvres, il y en a même d'extrêmement riches. Contrairement aux Sang-de-Race, il leur manque le pouvoir que confèrent une saigneurie et un patrimoine remontant à plusieurs millénaires.

Sang-Pur : terme employé par les vampires pour se distinguer des morts-vivants. Il désigne tous ceux qui sont nés de parents vampires, Sang-Neuf ou Sang-de-Race. Bien qu'immunisés contre toutes les maladies des humains et capables de se régénérer à partir d'une simple tête ou d'un cœur, les Sang-Pur ne sont pas immortels. Ils peuvent vivre jusqu'à huit cents ans s'ils échappent aux tueurs de vampires ou, plus fréquemment, à un vampire rival. Leurs vingt-cinq premières années sont identiques à celles des humains, mais, quand ils atteignent l'âge adulte, ils vieillissent dix fois moins vite qu'eux. Ce passage à l'âge adulte se traduit par l'impossibilité d'être photographié, puis de se refléter dans un miroir, et par le pouvoir de créer des morts-vivants par morsure. La mortalité infantile est encore très élevée chez les vampires, et chaque grossesse représente un énorme risque pour la mère. Hélas, malgré les progrès de la médecine, ces problèmes ne semblent pas près d'être résolus.

Sang-rassis : surnom donné par les Sang-Neuf aux Sang-de-Race. (Sobriquets)

Sang vicié : sang venant d'un humain alcoolique ou drogué.

Scribothèque : bunker souterrain à mi-chemin entre la bibliothèque et la salle d'archives où sont conservés à l'abri des humains tous les documents officiels, les journaux, les généalogies et autres écrits de la race vampire. Désigne également la pièce où les scribes recopient à la main les documents importants.

Stock privé : sang confectionné sur commande selon les goûts d'un client particulier.

Strega : société criminelle surnaturelle dont les origines remontent à la Rome et à la Grèce antiques. Bien que fondée et dirigée par des vampires, la Strega emploie des sorciers, des loups-garous et autres créatures surnaturelles. On prétend que la Strega vend ses services à tous ceux qui sont prêts à en payer le prix, même s'ils sont humains.

Synode : assemblée législative qui veille sur les lois et les rituels des vampires de naissance. Le Synode est présidé par le Lord-Chancelier, qui tranche en dernier recours les conflits entre les familles. C'est également au Lord-Chancelier que revient la tâche de châtier ceux qui enfreignent les lois. Les transgressions les plus graves sont celles qui mettent l'existence de la race en péril, que ce soit volontairement, accidentellement ou par négligence.

Tari : donneur qui ne fournit plus assez de sang.

Totem : forme animale que prend un vampire quand il ou elle se métamorphose. Même si le loup est la forme la plus répandue, ce n'est pas la seule. Selon leurs origines, certains vampires se transforment en félins – panthère, lion, tigre – ou en serpents – python, cobra, anaconda.

Totentanz : l'équivalent de nos funérailles chez les vampires quoique, en pratique, cela ressemble beaucoup à une veillée mortuaire irlandaise. Au décès d'un vampire, sa famille et ses amis se réunissent pour une grande célébration rituelle où ils festoient, dansent et font la fête pour défier la mort. Le deuil et les pleurs sont interdits. Plus longue est la fête, plus l'hommage rendu au défunt est grand. Autrefois, les totentanz duraient des semaines, voire des mois.

Usurpateur : vampire qui s'empare par la force d'une saigneurie. Bien que certains usurpateurs soient parfois issus de la même famille que leur victime – un jeune frère ou un cousin –, le plus souvent ils n'ont aucun lien avec elle. **Usurper** la saigneurie d'un autre vampire arrive au cours de combats singuliers entre rivaux, lorsque le vainqueur boit le sang du vaincu ou lui arrache le cœur pour le dévorer.

Van Helsing : terme argotique désignant les chasseurs de vampires et en particulier ceux qui travaillent pour l'Institut Van Helsing (IVH).

Vassal : vampire qui s'est fait déposséder de sa saigneurie et a juré fidélité à son usurpateur ou à son usurpatrice en échange de sa protection et de l'autorisation de se remarier plus tard dans la lignée qui lui a été volée.

Vendetta : lutte sanglante entre deux individus ou des familles entières. Les vendettas sont souvent le fait de rivaux envieux, de vampires dépossédés cherchant à reconquérir leur saigneurie, d'amoureux éconduits ou d'amis trompés.

Zone de non-représailles : zone où les vendettas sont interdites – les établissements scolaires, par exemple. Les différentes écoles dans lesquelles les vampires envoient leur progéniture sont protégées. Les élèves aussi. On ne peut pas les traquer et ils sont tenus à l'écart des vieilles rivalités entre familles. Mais, dès qu'ils ont terminé leurs études, ou s'ils les abandonnent, ils perdent cette immunité. L'attaque d'enfants scolarisés par des vampires adultes est sévèrement réprimée par le Synode, l'assemblée législative des vampires.

Dans la même collection

VAMPS

1. *Sœurs de sang*
2. *Nuit blanche*

Cet ouvrage a été composé par
PCA - 44400 REZÉ

Cet ouvrage a été imprimé
en août 2011 par

CPI FIRMIN-DIDOT

27650 Mesnil-sur-l'Estrée
N° d'impression : 105955
Dépôt légal : septembre 2011

Imprimé en France

POCKET jeunesse

12, avenue d'Italie

75627 PARIS Cedex 13